Kari Köster-Lösche

Alfons, die Weihnachtsgans

Kari Köster-Lösche

Alfons, die Weihnachtsgans

rütten & loening
AUFBAU VERLAGSGRUPPE

Jede vermeintliche Ähnlichkeit der Figuren dieses Buches mit lebenden Menschen wäre rein zufällig und ist nicht beabsichtigt.

ISBN 978-3-3352-00762-0

Rütten & Loening ist eine Marke der Aufbau Verlagsgruppe GmbH

1. Auflage 2008

Einbandgestaltung Ulf Hennig Grafikdesign
Druck und Binden CPI Moravia Books, Pohořelice
Printed in Czech Republic

www.aufbau-verlagsgruppe.de

Kapitel 1

Organisation war das Wichtigste. Bei Anke Paulsen, ehemals Halligbäuerin, jetzt gestandene Vermieterin von drei Wohnungen auf der Ketelswarf der Hallig Langeness, ging daher normalerweise nichts schief.

Sie stand am Küchentisch und dachte nach.

Nach alter Gewohnheit pflegte sie beizeiten mit ihren Weihnachtsvorbereitungen zu beginnen, um nicht unter Druck zu geraten. Zahlende Gäste erwartete sie über die Feiertage zum Glück nicht, dafür aber die Familien ihrer beiden erwachsenen Kinder, die in Kiel und Hamburg wohnten. Zu planen und zu organisieren gab es also genug.

Gefrier- und Kühlschrank mussten für so viele Menschen noch gefüllt und die Tannenzweige vom Festland bestellt werden, die das Grab ihres Ehemannes und ihrer Oma über den Winter schützen würden. Zudem brauchte ihre auf der Hunnenswarf lebende Tochter Anna, die im Januar ihr erstes Kind erwartete, jetzt öfter Zuspruch und Unterstützung.

Die Adventszeit würde turbulent werden, aber sie hatte nichts gegen Trubel. Da waren außerdem noch einige alte Bräuche zu beachten, wie sie seit Menschengedenken auf der Hallig überliefert wurden. Mit dem Christentum hatten sie nicht viel gemein, aber der Respekt vor den Vorvätern, die es geschafft hatten, dieses winzige Eiland über Jahrhunderte gegen Stürme und Politiker zu verteidigen, verlangte ihre Fortführung.

Alles dies wollte unter einen Hut gebracht werden. Und wenn sie ehrlich mit sich war, lag ihr an den alten Bräuchen mehr als an den neuen. Sie hatte sogar eine Idee, wie man sie wieder beleben konnte ...

Genug der Überlegungen. Anke eilte in die Diele.

Als Erstes musste sie sich um die Gans kümmern. Seit ihr Mann gestorben war, waren Wildenten, die er selbst zu schießen pflegte, ihr verleidet, sie waren mit zu vielen Erinnerungen verbunden. Nicht einmal eingeweckte hatte sie noch im Vorratsschrank stehen. Zu Weihnachten hatte sie sich auf Gans umgestellt. Sie setzte sich ans Telefon und wählte.

Onkel Calle, der in Ockholm auf dem nordfriesischen Festland wohnte, war sofort am Apparat. Wie immer galten seine Fragen zuerst dem Wetter auf der Hallig. Obwohl es per Luftlinie nicht weit war, war das Wetter auf dem Festland mitunter ganz anders. Nicht ausgeschlossen, dass es dort zu nebelig war, um die eigene Gartenpforte zu erkennen, während auf der Hallig die Sonne schien. Schmunzelnd ließ Anke sich darauf ein. Daran vorbeikommen würde sie ohnehin nicht.

»Ja, das Wetter ist wirklich komisch! Kaum zu glauben, dass es auf Weihnachten zugeht«, stimmte sie ihrem Onkel zu und blickte unwillkürlich durch die offen stehende Haustür nach draußen. Die Mittagssonne, die jetzt im Dezember sehr tief stand, schien herein, und auf der Schwelle saß in den warmen Strahlen Kurt, ihr schwarzweißer Kater, und putzte sich.

Im Wintergarten, wenige Meter entfernt, war schon der

Kaffeetisch gedeckt. Mit einem Heizöfchen konnte man es dort ungeachtet der Jahreszeit noch ausgezeichnet aushalten. Sie liebte den Blick von dort über das Südufer der Hallig Langeness und über das Wattenmeer, ganz gleich, ob es stürmte oder ob sie Land unter hatten.

An diesem Tag aber war das Meer spiegelglatt, es glänzte, dass man Angst hatte, geblendet zu werden. In der Ferne war im Dunst Pellworm verborgen. Auf halbem Weg dorthin glitzerte die rote Fahrwassertonne.

»Anke? Bist du noch da?«, erkundigte sich die Stimme ihres Onkels bedächtig.

»O ja, natürlich«, besann sich Anke und lachte leise über sich selbst. »Heute ist es so schön da draußen, auch nach fünfzig Jahren habe ich mich daran nicht satt gesehen.«

»Das ist bei dir auch nicht zu erwarten«, entgegnete Onkel Calle vergnügt. »Du findest ja selbst an den Kotwürmchen der Ringelgänse noch etwas Lobenswertes. Im Gegensatz zu manchen anderen.«

»Gänse! Deswegen habe ich dich doch überhaupt angerufen«, sagte Anke und rief sich selbst energisch zu ihrem eigentlichen Anliegen zurück! »Ich brauche eine größere Weihnachtsgans! Die kleine kannst du streichen. Tochter und Sohn haben sich unerwartet als Besuch angekündigt, beide mit der ganzen Kinderschar. Ich muss also mindestens eine Zehn-Kilo-Gans haben oder zwei Fünf- bis Sechs-Kilo-Tiere.«

»Alfons«, sagte Calle sofort.

»Wer ist Alfons?« Anke war irritiert. Ein Nachbar von Calle? Züchtete der schwerere Gänse?

»Unser Ganter. Ein ganz stattliches Tier. Kräftig, gut entwickelt. Von Hand aufgezogen. Läuft dir nach, wenn du willst.«

Anke folgte mit den Augen argwöhnisch drei Möwen, die über der Warf kreisten und auf der Suche nach etwas Essbarem die Köpfe hierhin und dorthin drehten. Anscheinend blieben sie erfolglos. Schon im Abdrehen landete mit einem vernehmlichen Geräusch ein dicker Batzen Kot am Wintergartenfenster und zog im Heruntergleiten eine grünschwarze Spur hinter sich her. Empört sprang Anke auf. »Zielschießen mal wieder! Das habe ich mir gerade so gedacht! Die machen das mit voller Absicht! Ich kann doch nichts dafür, dass sie hier kein Essen finden! Oder sie haben sich über Kurt geärgert.«

»Gäste?«

»Onkel Calle! Hier schießen doch keine Gäste! Möwen!«

»Betrachte es als Düngemaßnahme«, schlug Calle lachend vor. »Ihr könntet Alfons am 23. Dezember abholen, wie üblich gerupft und ausgenommen. Herz, Leber, Nieren, Magen, Hals mit Kopf ohne Schnabel extra. Die Füße auch?«

»Nein, Calle«, sagte Anke unter Bedauern, als sie an ihre Großmutter dachte, an die sie sich noch gut erinnern konnte. »Großmutter war die Einzige, die Füße und Gehirn nach altem Brauch wirklich aß. Ich muss gestehen, dass ich nie gerne zugesehen habe, wenn sie bei Tisch die Haut von den Füßen zog und die Knöchelchen ablutschte. Nein, und ab jetzt möchte ich weder Füße noch Hirn im Schmortopf haben, um sie anschließend doch wegzuwerfen.«

»In Ordnung.«

»Übrigens habe ich keine Zeit, den Ganter abzuholen«, fuhr Anke fort, »selbst wenn er bereit wäre, bis zur Fähre hinter mir her zu marschieren. Es ist bei so viel Besuch einfach zu viel vorzubereiten. Und Anna benötigt mich hin und wieder auch.«

»Kindergarten und Lehrer werden sich über den Zuwachs freuen.«

»Na ja, bis dahin ist es noch Zeit ...«

»Gut. Mach dir wegen der Gans keine Gedanken! Dann schlachten wir sie, wann wir Zeit haben – das passt auch mir besser –, und frieren sie ein«, schlug Calle vor. »Ich schicke sie dann am 22. Dezember mit der Fähre rüber. Reicht dir das, Anke?«

»Ja, das ist wunderbar. Sollte sich wegen des Wetters etwas ändern, telefonieren wir. Tschüs, Onkel Calle.«

»Es wird nicht nötig sein, Anke. Diese Wissenschaftler haben mit ihrer Klimaveränderung recht. Wir können uns bald von Tannenbäumen zu Weihnachten auf Palmen umstellen. Wetten?«

Eine Woche später hätte Onkel Calle seine Wette schon verloren. Das Fernsehen zeigte ein riesiges Hochdruckgebiet, dessen Kern über Südfinnland lag und das eisige, trockene Luft aus Russland nach Deutschland schickte.

Für alle Gartenbesitzer bedeutete dieses Wetter Barfrost, der nicht sonderlich willkommen war. Tore, dessen Eltern seit kurzem aus Niebüll zugezogen und jetzt die nächsten Nachbarn von Onkel Calle waren, freute sich hingegen. Er schwatzte oft mit ihm, und manchmal half er ihm beim Füttern seiner Gänse auf der Fenne unterhalb der Dorfwarft.

An diesem Tag, zwei Wochen vor dem Weihnachtsfest, sprang und hüpfte Tore voller Vorfreude neben Onkel Calle her, als dieser den Warftabhang zur Weide hinunterstapfte. Er selbst war dick eingemummelt, und ihm machte der frostige Nebel, der sie in Schwaden umwaberte, nichts aus. »Großvater Fedder nimmt mich gleich bei Ferienbeginn auf der Lore zur Hallig mit, wenn er die Post abgeholt hat«, berichtete er stolz. »Wenn es so kalt bleibt, kann ich bestimmt auf dem Fething Schlittschuh laufen oder schlittern. Vielleicht gibt es ja auch Schnee, und wir können auf der Straße Schlitten fahren.«

»Donnerwetter, hast du aber ein Glück! Nicht jeder Zwölfjährige hat einen Opa, der Postschiffer von Langeness ist«, sagte Onkel Calle schmunzelnd.

»Manchmal zieht sogar ein Traktor unsere Schlitten, fünf, sechs hinter einander. Stell dir vor!«

»Wirklich?« Onkel Calle sah Tore mit einer Mischung aus Entsetzen und Unglauben an. »Wissen sie denn auf der Hallig gar nicht mehr, was man an den Weihnachtstagen darf und was nicht?«

»Was meinst du?«, fragte Tore unsicher.

»In den Zwölften darf nichts rundgehen, Tore! Das ist die Spökeltied des Jahres.«

Tore erschrak. »Was ist das denn, Onkel Calle?«

Calle blieb stehen und sah ihn ernst an. »Das sind die zwölf Tage von Weihnachten bis zu den Heiligen Drei Königen am 6. Januar. Die dunkelsten und gefährlichsten Tage des Jahres. In früherer Zeit blieben Menschen und Tiere im Haus, aus Angst vor dem, was draußen passierte. Sie sangen viel und spielten und feierten nach Herzenslust den Jul. Niemand durfte arbeiten. Und bei all dem haben sie immer aufgepasst, dass ihnen die bösen Mächte nichts anhaben konnten.«

»Und? Wie machten sie das?«, fragte Tore, noch ein wenig skeptisch.

»Tja. Wichtig war, dass nichts, was rund ist, bewegt werden durfte: Mühlräder, der Mistkarren, das Spinnrad, die Häckselmaschine – Deswegen verstecken wir in der Neujahrsnacht alles Runde, damit es nicht von den außer Rand und Band geratenen Jugendlichen weggeschleppt werden kann.«

»Davon habe ich noch nie gehört. Bei uns in Niebüll verschwand manchmal das Gartentor, wenn Paps vergaß, es auszuhängen.«

»Deine Eltern sind moderne junge Menschen, Tore, und lachen wahrscheinlich darüber. Und noch passen wir Alten ja auf, dass uns allen nichts geschieht. Hoffentlich nimmt es kein böses Ende, wenn wir erst einmal tot sind.«

»Aber auf der Hallig ...«, wandte Tore ein.

Onkel Calle unterbrach ihn. »Auf der Hallig ist sowieso alles anders, selbst das Wetter. Haben deine Großeltern Vieh?«

Tore schüttelte den Kopf. »Nur Gäste. Im ehemaligen Stall. Den haben sie zu Wohnungen umgebaut.«

Calle betrachtete ihn nachdenklich. »Wer den Stall bewohnt, ist egal. Am Weihnachtsabend muss alles, was im Stall lebt, reichlich versorgt werden, das gehört sich so, auch auf einer Hallig. Deine Großeltern müssen das Essen selbst in den Stall bringen, Oma muss einen Segen sprechen, und danach sollten Opa und Oma gemeinsam alle Stallbewohner ermahnen, im nächsten Jahr fleißig zu sein.«

»Stimmt das wirklich?« Tore wunderte sich darüber, was die Eltern und Großeltern ihm bisher verschwiegen hatten. Er war doch kein Kleinkind mehr!

»Aber ja doch! Und das Allerwichtigste ist, dass sich jemand um die Puken kümmert. An den Weihnachtstagen oder kurz vorher, je nachdem, wie das Wetter ist, machen sie regelmäßig ihren großen Ausflug, meistens zu den Inseln oder Halligen.«

»Ich dachte, es gäbe sie nur auf Sylt …«

»Nein, nein«, beteuerte Calle. »Sie sind überall an der Westküste, auch hier in Ockholm. Viele Menschen haben nur vergessen, dass es sie gibt. Und das ist gar nicht gut …«

»Und weiter«, verlangte Tore, den Erinnerungen weniger interessierten. »Was tun sie auf der Hallig?«

»Sie sehen überall nach dem Rechten und sorgen für das Glück im Haus und im Stall. Wenn sie angekommen sind, brauchen sie erst einmal eine große Schüssel mit Grütze und Butterklecks. Der Flug ist anstrengend, auch wenn sie sich Taxis nehmen. Leider sind die nicht gedeckt, und die Puken haben alle Hände voll zu tun, nicht unterwegs herunterzupurzeln.«

»Taxis?«, staunte Tore. »Was für Taxis?«

»Ringelgänse. Sie sind zwar kleiner als Hausgänse, aber einen Puken können sie tragen.«

»Ich habe noch nie Puken gesehen«, beklagte sich Tore.

»Kein Wunder, die sind doch unsichtbar«, erklärte Calle. »Aber wenn die Grütze gegessen wurde, ist es ein Beweis dafür, dass sie da waren. Und wenn deine Großeltern dann auch noch die Stallbewohner zur Zufriedenheit der Puken versorgt haben, werden sie im kommenden Jahr immer Glück haben. Puken sind ein kleines Volk, das sich stets dankbar erweist, musst du wissen.«

»Ich werde mich darum kümmern. Wohin soll ich die Grützschüssel bringen?«, fragte Tore eifrig.

»In den Stalleingang!«

»Und wenn ich es aus Versehen vergesse. Was ist dann?«

»Man darf die Puken nicht vergessen«, warnte Calle mit düsterer Miene. »Dann bleibt das Glück aus. Deine Großeltern bekämen weder Eier, noch Milch und Honig von den

Stallbewohnern. Wie war es denn am vergangenen Weihnachtsfest?«

Tore schüttelte betrübt den Kopf. »Die Gäste haben sich alles beim Kaufmann besorgt und allein aufgegessen.«

»Siehst du? Könnte es sein, dass sich deine Großeltern gar nicht um die Puken kümmern?«

Tore war hin und her gerissen. Aber Onkel Calle wusste alles über Gänse. Es musste stimmen! Er nahm sich fest vor, für die Grütze zu sorgen.

»Wünscht du dir auch einen Computer zu Weihnachten?«, platzte Onkel Calle mitten in Tores Planung, wie es ihm gelingen könnte, einen Puken zu Gesicht zu bekommen, hinein. »Ihr jungen Leute seid doch ganz wild darauf.«

»Computer?«, fragte Tore zerstreut. »Nö. Ich hätte gerne einen Labrador, aber das will Mams nicht. Sie sagt, den müsste sie füttern und ausführen, das wüsste sie schon.«

»Vielleicht hat sie gar nicht so Unrecht ...«

Jetzt ging diese Diskussion, wer die Arbeit mit einem Hund hatte, schon wieder los! Tore schwieg.

Inzwischen waren sie an der Fenne angekommen. Eine ganze Schar von Gänsen befand sich hier noch, obwohl sie nun wohl allmählich lieber im Stall gewesen wären. Zumindest stellte sich Tore es so vor. Sie schnatterten zur Begrüßung und marschierten heran, vorweg Alfons, der einen besonderen Ton hatte. Ihn hörte man immer heraus.

»Gibt es bei euch auch Weihnachtsgans?«, fragte Onkel Calle, während er mit schnell steif werdenden Fingern den Knoten am Tor zur Fenne aufzuknüpfen versuchte.

Tore machte eine betroffene Miene. »Sollen alle deine Gänse zu Weihnachten gebraten werden? Bei meinen Eltern gibt es Langkohl mit geräucherter Schweinebacke und süßen Bratkartoffeln.«

Calle wusste, was seinen jungen Freund bewegte. »Zu dem Zweck ziehe ich die Gänse auf, ja. Ich schlachte und verkaufe sie. Damit bessere ich meine Rente auf, weißt du? Nicht alle Menschen mögen Schweinebacke. Und die Schweine müssen auch geschlachtet werden, wenn sie ihre Backen liefern sollen.«

Das stimmte zwar, aber im Augenblick war es Tore egal. »Aber Alfons schlachtest du doch nicht, oder?«

»Doch, auch Alfons«, antwortete Calle ehrlich und ein bisschen bedauernd. »Er ist vorbestellt.«

Tore sah ihm entsetzt ins Gesicht. Das hatte er nicht gewusst. Jetzt wollte er beim Füttern nicht mehr helfen. Er drehte sich um und rannte zur Warft zurück, wo er sich im Garten seiner Eltern hinter dem breiten Kastanienstamm versteckte.

Nicht lange danach kehrte auch Onkel Calle zurück, unter jedem Arm fest eingeklemmt eine Gans, die Schnäbel in den Fäusten. Er betrat seine Scheune.

Tore zitterte vor der Ahnung, was jetzt gleich kommen würde. Mit den Händen über den Ohren stürzte er ins Haus. Wenigstens war Alfons heute noch nicht bei den künftigen Braten gewesen.

Kapitel 2

Palmen!« Anke schüttelte schmunzelnd den Kopf, als sie an Calles Prophezeiung zurückdachte. So weit war die Klimaveränderung nun doch noch nicht vorangeschritten. Im

Gegenteil! Es war immer kälter geworden, das Hochdruckgebiet hatte sich an Ort und Stelle festgebissen. Und es trug ausgerechnet den alten nordfriesischen Namen Engeline. Welcher Wissenschaftler wohl auf eine solch merkwürdige Idee gekommen war? Jedenfalls schickte sich der Winter an, so zu werden, wie er immer gewesen war.

Anke stellte die gerade fertig gewordenen braunen Pfeffernüsse zum Abkühlen auf den Küchentisch, überlegte, dass sie in den nächsten Tagen der Reihe nach weiße Pfeffer-, Schmalz- und Sirupnüsse backen würde, vergewisserte sich, dass Kurt ausreichend frisches Wasser im Napf hatte, und ging, um sich für ihren Spaziergang warm anzuziehen. Es herrschte ein leichter Ostwind, und es gab keine Spur von Nebel.

Das Telefon klingelte.

Anna.

Sie war gestern Abend erst spät mit der Lore vom Festland zurückgekommen und hatte ihre Mutter nicht mehr stören wollen. »Die Hebamme war gar nicht da, nur ein Arzt, den ich nicht kannte und der meint, das Kind könnte etwas früher kommen«, meldete sie ein wenig unglücklich. »Hoffentlich nicht gerade an Weihnachten – Dumm ist auch, dass unsere Halligschwester Urlaub hat. Ich meine, nur so für alle Fälle ...«

»Nimm es, wie es kommt«, empfahl Anke. »Als besonderes Geschenk. Zu ändern ist daran ja nichts. Und Käte hat aus ihrer Zeit als Krankenschwester viel Erfahrung, sie wird die Halligschwester gut vertreten. Ich sage es auch nur so, für alle Fälle ... Ich besuche dich heute Nachmittag. Jetzt muss ich erst einmal Wind und Wetter schnuppern.«

Draußen war es still. Anke blickte nach oben. Keine Möwe am strahlend blauen Himmel. Die Reetdächer waren von feinem weißen Raureif bedeckt, ebenso wie die nackte schwarze Gartenerde. Nachbar Krischan hatte in seinem Garten schon einen Tannenbaum aufgestellt, in dem ein Vogelhäuschen befestigt war. Sicher hatte er gefüttert, genau wie sie selbst, aber für die Vögel war es an diesem Tag wohl zu unwirtlich. Weder Amseln noch Spatzen oder Meisen waren zu sehen.

Anke seufzte leise, schlug die Ohrenklappen ihrer wetterfesten Mütze herunter, um sie unter dem Kinn festzubinden, und machte sich auf den Weg zum Südufer.

Das Gras auf der Weide war schwarz, niedergedrückt vom letzten Land unter und glitschig vom Frost. Sie war dankbar, als sie nach ein paar Minuten den Steindeich an der Badestelle erreicht hatte und über die See schauen konnte.

Unter ihr stapelten sich bereits die Eisschollen, die bei auflaufendem Wasser auf das Ufer hochgeschoben wurden. Und die Steinbuhne, die neben dem Westerwehl in die See ragte, war unter dem Eis ganz und gar verschwunden, obwohl derzeit Ebbe war. Die Eisbildung ging immer schnell vonstatten, aber Anke staunte doch, wie der Eisberg allein seit dem Vortag gewachsen war. Bis weit in den Westen, wo das Ufer hinter der Trojburg außer Sicht geriet, sah sie den weißen Saum, und im Osten war es genau so.

Die ganze Hallig war von einem Ring aus Eis umgeben. Schön sah es aus!

Als Anke wieder zur Ketelswarf hochgestiegen war, kam ihr der Nachbar entgegen. »Moin, Krischan«, grüßte sie.

»Moin, Anke.« Krischan, trotz der Kälte nur in der häuslichen Wolljacke, das graue Haar unbedeckt, blieb auf dem

Ringwall neben der Bockmühle stehen und spähte mit zusammengekniffenen Augen nach Westen, über die Hallig und über die See.

Ungeduldig und etwas unzufrieden wirkte er, fand Anke. Oder beunruhigt? Sie drehte sich um und hielt ebenfalls Ausschau. Vor der Hallig Hooge manövrierte gerade die Fähre, man konnte sie als weißen Fleck vor dem dunklen Tor des Fähranlegers gut ausmachen. In einer halben Stunde würde sie bei der Rixwarf auf Langeness anlegen. »Du fütterst auch schon die Vögel, habe ich gesehen. Kommen sie denn bei dir?«

»Was? Ja. Ja, doch, sie kommen.«

»Ist etwas los?«, fragte Anke behutsam.

»Ich habe gerade bei der Fährgesellschaft angerufen«, antwortete Krischan missgestimmt und versteckte seine Hände unter den Achseln, um sie zu wärmen. »Sie bezweifeln, dass die *Hilligenlei* heute anlegen kann. Zu viel Eis an der Rixwarf. Sie wollen es noch mal versuchen. Morgen nicht mehr.«

»O je«, sagte Anke teilnahmsvoll. »Dein Tannenbaum für das Wohnzimmer kommt wohl?«

»Stimmt. Aber der wäre zu verschmerzen. Viel schlimmer ist, dass ich übermorgen den Tankwagen mit Heizöl erwarte. Einige andere auch. Insgesamt habe ich Öl für sieben Häuser bestellt. Die Lieferung ließ sich nicht mehr für heute umorganisieren.«

»Oh!« Jetzt war Anke richtig betroffen. Wenn es nicht bald taute, würden einige Halligleute Weihnachten im Kalten oder in notdürftig durch Radiatoren erheizten Zimmern verbringen. Sie selbst hatte damit kein Problem, bei ihr heizten Nachtspeicheröfen. »Vielleicht geschieht ein Wunder, ein kleines Weihnachtswunder«, sagte sie lächelnd.

Krischan schüttelte missmutig den Kopf. »Wunder gibt es

nicht, wie wir alle wissen. Oder hast du schon mal eines erlebt? Der Wetterbericht sagt anhaltende Kälte voraus. Und die Wetterfrösche in Hamburg haben mir keine Hoffnung gemacht. Ich habe auch dort angerufen.«

»Ich drücke allen, die am Tropf vom Öl hängen, die Daumen«, versprach Anke und machte sich auf den Weg zu ihrem eigenen Haus. Sie begann allmählich zu frieren.

Plötzlich fiel ihr siedendheiß etwas ein! Wenn die Fähre nicht anlegen konnte, würde auch ihr Braten nicht rechtzeitig ankommen!

Wie hieß er noch? Alfred? Nein, Alfons! Der Weihnachtsbraten namens Alfons.

Das Wetter blieb unverändert kalt. Der Eiswall um die Hallig wuchs, und die Fähre konnte unmöglich anlegen. Für Anke war es keine Katastrophe, weil ihr Gefrierschrank für ihren eigenen Bedarf gut gefüllt war und sie es warm hatte, aber es bedeutete eine Menge an Umorganisation für den Weihnachtsbesuch. Richtig Arbeit.

Die Kinder und Enkel würden von Dagebüll über Oland kommen müssen. Mit der Lore, wodurch das eigene Auto für Gepäck und Geschenke ausfiel. Einen Tag davor der große Ganter, damit er Zeit hatte, aufzutauen.

Da viele Halligleute jetzt das gleiche Problem hatten, würde es eng werden mit den Transportmöglichkeiten. Manche hatten sich sicherlich auch noch die Fahrt nach Husum zum Kaufen der Geschenke aufgespart. Die Lorenschienen würden kaum zur Ruhe kommen von dem Hin und Her der Halligleute, wenn diese nach dem Feierabend der Deichbauern vom Marschenbauamt, dem die Strecke gehörte, endlich fahren durften.

Anke saß einen halben Vormittag am Telefon, aber dann war doch alles zu ihrer Zufriedenheit abgesprochen. Jetzt konnte sie nur noch hoffen, dass kein weiterer Zwischenfall ihre sorgfältige Planung zunichte machte.

Der Zwischenfall trat bereits am nächsten Morgen ein. Anke ahnte es schon, als sie die krächzende Stimme am Telefon hörte, ohne zunächst den Anrufer überhaupt zu erkennen.

Lang anhaltendes Husten, Räuspern. Dann merkte Anke endlich, dass sie mit Onkel Calle sprach.

Schwere Grippe. Aha, deswegen hatte Anke gestern mit seiner Frau geschwatzt und nicht mit ihm selbst. Eine Krankheit im Haus hatte sie wohl vorsichtshalber nicht erwähnt. Inzwischen lag sie mit hohem Fieber selbst im Bett.

Calle sei so schwach, verstand Anke allmählich zwischen Hustenanfällen, Atemnot und Bericht, dass er kaum ein Messer heben konnte, geschweige denn, den Ganter einfangen.

»Kommt ihr denn zurecht?«, fragte Anke, die sich mehr um die Verwandten als um den Braten sorgte. Keine Frage, dass ihr betagter Onkel geschont werden musste. »Solltet ihr nicht lieber ins Krankenhaus gehen?«

»Nein«, keuchte Calle. »Wir haben alle Pflege, die wir benötigen. Arzt und Nachbarn. Es geht mir darum, dass ihr nicht verhungert.«

Anke wollte widersprechen, aber der Onkel ließ sie nicht zu Wort kommen.

»Wir schaffen es in diesem Jahr nicht, selbst zu schlachten, Anke. Du bekommst Alfons, keine Angst. Er reist im Käfig an, statt gefroren. Gleiche Lore. Du wirst jemanden finden müssen, der ihn schlachtet ...« Der Telefonhörer klapperte unruhig, und die Verbindung war unterbrochen.

Besorgt ließ Anke ihren eigenen Hörer auf die Gabel sinken. Hoffentlich stimmte es auch, dass sich jemand um Onkel Calle und seine Frau kümmerte. Sie würde sich bei den Nachbarn vergewissern. Sie fand es rührend, dass Calle sich wie in alten Zeiten um sie und den Besuch sorgte.

Eigentlich war dies nicht nötig. Seit mehreren Jahrzehnten gab es auf der Hallig Wasser aus dem Wasserwerk vom Festland, Strom ebenfalls – bei Ausfall von halligeigenen Notstromaggregaten –, und jeder hatte Lebensmittelvorräte in den Gefriertruhen. Kranke wurden von der Halligschwester betreut, bei schwererer Krankheit mit dem Boot des Seenotrettungsdienstes nach Wyk geholt oder, schlimmstenfalls, mit dem Hubschrauber in ein Krankenhaus auf dem Festland geflogen. Soweit zumindest die Theorie, und natürlich gab es Extremsituationen, in denen das alles nicht funktionierte.

Die Grippe war jedenfalls wesentlich schlimmer als ein fehlender Weihnachtsbraten. Und dennoch sollte jetzt ein quicklebendiger Ganter namens Alfons mit der Lore anreisen. Anke musste sich überlegen, wer ihn schlachten sollte. Sie jedenfalls nicht. Aber ihr würde schon jemand einfallen.

Nicht sonderlich beruhigt, ging Anke daran, die Figurengebäcke für den Kinkenboom vorzubereiten, dem sie allemal den Vorzug vor dem Weihnachtsbaum gab. Mehl, Zucker, Wasser und Hefe würde sie zu einem Teig verkneten, ganz einfach. Daraus würde sie Schwein, Bock, Hahn, Kuh und Pferd, vielleicht auch ein Schiff ausstechen, mit dem Saft der roten Beete bestreichen und backen.

Das Schwein als Gebäck war nichts anderes als ein Marzipanschwein und die Schweinebacke als Braten. Hier im Norden liebte man das Schwein. Niemals wäre ihr eingefallen, ein Schaf in die Backröhre zu schieben, wie man es gelegentlich vom Festland hörte; diese Tiere waren vielmehr für die Lieferung von Wolle zuständig, und das Jahr um Jahr. Wer würde denn so dumm sein, ein Tier zu schlachten, das Weidegras zuverlässig in Rohmaterial für Socken, Mützen und Handschuhe verwandelte? Schafe waren auch niemals unter dem traditionellen Gebäck.

Adam und Eva der Bibel, nackt auch noch, gehörten zwar dazu, entstammten aber dem Alten Testament und machten sich in einer Sammlung lauter für die Halligleute wichtiger Symbole etwas absonderlich aus. Aber natürlich gab es auch Neuerungen bei Bräuchen. Das musste man akzeptieren.

Anschließend telefonierte Anke unter dem Siegel der Verschwiegenheit herum. Sie brauchte vier Freiwillige, um ihre Idee umzusetzen ...

Kapitel 3

An dem Tag, als die Schulkinder in die Weihnachtsferien entlassen wurden, ließ der strenge Frost endlich ein wenig nach. Tores Vater fuhr seinen Sohn nach Dagebüll zum Lorenbahnhof, einem weiten Platz, auf dem unterhalb des Seedeiches und vor einem kleinen roten Leuchtturm die Schmalspurbahn von den Halligen Langeness und Oland endete.

Steine, Pfähle, Ersatzschienen und anderes Baumaterial lagen in ordentlichen Stapeln bereit zum Verladen, einige Kipploren reihten sich auf dem Abstellgleis. Aber kein Mensch war auf dem Platz, die Arbeiten waren wegen des Frostes eingestellt worden.

Auch der Postschiffer, so genannt, weil er im Sommer die

Post mit dem Boot vom Festland holte, war noch nicht aus der Stadt zurück. Nur seine offene Lore stand als letzte in der Reihe der übrigen.

Tore kletterte schon mal hoch, um Gepäck und Geschenke entgegenzunehmen und ordentlich unter den Sitzbänken zu verstauen. Wie auf ihrem Schiff. Der Kasten neben dem Motor war für die Post reserviert und durfte für anderes nicht benutzt werden.

Tore musterte jedes einzelne Paket der Eltern, versuchte Größe und Gewicht abzuschätzen und was sie wohl enthalten würden. Aber nicht einmal der Empfänger war angegeben. Seine Mutter war mit äußerster Schläue vorgegangen, damit er ja nicht riet, was drin war. Dass ein Hund nicht als Paket verpackt werden konnte, war ja klar, aber es fehlte auch das winzige Päckchen, nach dem er insbesondere Ausschau hielt. »Kein Handy?«, platzte er schließlich enttäuscht heraus. Das war sein heißester Wunsch gewesen.

»Ich weiß von keinem Handy«, sagte sein Vater knurrig und reichte ihm als Letztes einen alten gefütterten Bundeswehrschlafsack.

»Was soll ich denn mit dem?«, erkundigte sich Tore und beäugte ihn misstrauisch.

»Dich warmhalten«, antwortete der Vater. »Du schlüpfst bei Beginn der Fahrt hinein! Es fehlte noch, dass du dich zu Weihnachten erkältest ...!«

»Ich erkälte mich nicht!« Tore blitzte seinen Vater wütend an.

»... dann auf der Hallig die Grippe bekommst«, fuhr der Vater mit erhöhter Lautstärke fort, »und Opa oder Oma gefährdest. Die Krankheit ist ansteckend, vor allem für ältere Leute. Hast du mich verstanden?«

Der Blick in Vaters Gesicht belehrte Tore, wie ernst es ihm war. Er wusste von Onkel Calle. Auch hatte er schon gehört, dass eine alte Frau aus Ockholm im Krankenhaus an der Grippe gestorben war. »Also gut«, sagte er widerwillig. »Versprochen!«

»Gut. Dann müssen wir hoffen, dass Opa Fedder bald zurückkommt.«

Noch froren sie in der Lore nicht, wenn auch Fedder auf sich warten ließ.

Einige Minuten später brauste ein schwarzer Opel heran, der auf dem eisigen Boden den letzten Meter im Bogen herumschlitterte und schließlich neben der Postschifferlore stehenblieb.

Tore betrachtete den Wagen mit Interesse. Cool, wie der auf seinen Sommerreifen ankam. Mit einer Stopptechnik wie Pinguine auf Eis.

Ein junger Kerl sprang aus dem Wagen, mit spärlichen blonden Barthaaren, eine schwarze Weste über dem karierten Oberhemd. Ohne Tore und seinen Vater zu beachten, riss er die hintere Tür auf und zerrte eine Kiste von der Rückbank. Die setzte er im Fußraum der Lore ab, mit ziemlichem Karacho, anscheinend passte ihm etwas nicht. Dann nickte er herüber, warf sich in seinen Wagen und haute mit Vollgas ab.

Tore sah dem jungen Mann nach, bis er in die Straße einbog, die zur Bundesstraße führte. Die Kiste nahm ganz schön viel Platz weg, aber der Kerl hatte sich gar nicht erkundigt, ob sie überhaupt erwünscht war. Oder mitgeteilt, dass alles mit Opa abgesprochen war. Tore fand die Kiste überflüssig. Bis er das Gitter in der Vorderfront bemerkte. Dahinter bewegte sich etwas Weißes.

»Eine Gans«, stellte er erfreut fest und schlüpfte aus dem

Auto. Auf diesem ungemütlichen, menschenleeren Platz, auf dem es nichts als Geleise, Loren, eine Werkhalle und ein Bürogebäude gab, abgesehen von einem Riesenhaufen zugebundener Müllsäcke und eingesammelter Fischkästen, war er ganz bestimmt der einzige Sachverständige für Gänse. Ganz cool schlenderte er hin.

Vorsichtig steckte Tore einen Finger durch das Maschengitter. Ein Trumm von Gans. Bestimmt ein Ganter, auf den zu Weihnachten eine Schar von Gänsen wartete, die er in Zukunft über die Hallig führen konnte. Er war jedenfalls zahm, das merkte Tore sofort, weil er ans Gitter kam, um sich am Halsgefieder kraulen zu lassen. Ein Leitganter, er ähnelte seinem Liebling Alfons wie ein Ei dem anderen.

Tore stand vor der Lore und unterhielt sich leise mit dem Ganter, der eine Weile höflich zuhörte und dann antwortete. Der Junge nickte verständnisvoll. Dann überlegte er, ob die Gans unterwegs nicht durstig werden würde. Aber wahrscheinlich würde das Wasser sowieso zu Eis frieren. Noch war es bestimmt nicht über Null.

Plötzlich entstand hinter ihm Bewegung, der Vater sprach, und jemand umarmte ihn von hinten.

Opa Fedder. Ein Riese von Mann, der trotz seines Alters kräftig zupackte. Sein grauer Bart kitzelte Tore am Ohr. Grässlich, so von Erwachsenen eingefangen zu werden! Einem Kuss entging er glücklicherweise, weil er sich mit seiner neuen sportlichen Technik aus der Umarmung herauswinden konnte.

»Donnerwetter! Du bist ja ganz schön stark geworden«, sagte Fedder bewundernd. »Und wieder gewachsen.«

»Ja, beides«, behauptete Tore, noch ein wenig verärgert wegen seines Überfalls. »Ich bin jetzt in der Handballgruppe der Schule. Und nicht der Schlechteste.«

»Ja, das glaube ich«, sagte Fedder lächelnd und spähte unter die Bänke seiner Lore. »Der Ganter, du und dein Gepäck, Tore, sind verladen, wie ich sehe, und die Post wird es in einer Minute sein. Ich würde mich jetzt am liebsten auf den Weg machen. Es ist spät geworden. Auf der Post war der Trubel wegen der ganzen Weihnachtspakete groß.«

»Aber?«, fragte Tores Vater aufmerksam.

»Ich muss auf einen Gast warten, dem ich verbindlich zugesagt habe, ihn mitzunehmen«, sagte Fedder, während er den großen Gepäckkasten aufschloss und die Postpakete darin verstaute. »Aus Süddeutschland. Er ist schon den ganzen Tag unterwegs, müsste aber längst da sein. Ich gebe ihm noch eine halbe Stunde, doch dann müssen wir los, Gast hin oder her! Dann kann er in einer der Pensionen in Dagebüll übernachten. Wäre ja auch nicht tragisch.«

»Wahrscheinlich haben derzeit auch die Züge Verspätung«, meinte der Vater. »Ich könnte warten und ihm Bescheid sagen.«

»Danke«, murmelte Fedder und musterte unter Stirnrunzeln den grauen Himmel. »Es wird bald dunkel. Und das Wetter schlägt um. Der Wind hat schon über Nord nach Nordwest gedreht. Spürst du es?«

»Nein«, sagte der Vater. »Das ist nicht mein Metier, wie du weißt. Ich berechne nur die Kurse, deine Tochter steuert. Die merkt immer, woher der Wind weht.«

»Ich auch«, rief Tore und drehte den Kopf, bis der Wind seine Wange genau senkrecht traf.

»Weißt du denn auch, was die Winddrehung zu bedeuten hat«, erkundigte sich Opa Fedder schmunzelnd. Der Junge schlug mit seinen blonden Haaren und der schlaksigen Figur ganz nach ihm, und er freute sich darüber. Und etwas weiterführender Unterricht konnte nie schaden. Angewandte Physik. Technik.

Tore krauste die Stirn und dachte nach. »Wenn der Wind noch weiter dreht, kommt er schließlich von Hooge herüber. Aus Südwest. Dann wird er das Eis am Anleger zusammenschieben, und die Fähre kann erst recht nicht anlegen.«

»Gut! Und was noch? Denk mal an die Lorenschienen.«

»Ja, klar«, rief Tore, glücklich, dass er abseits von Grammatik und ähnlich unnützen Kenntnissen mal zeigen konnte, was er wusste. »Die Eisschollen werden sich so über die Schienen schieben, dass man sie gar nicht mehr freihalten kann.«

Fedder lächelte breit und nickte. »Aber es wird gleichzeitig wärmer werden. Das Eis wird schmelzen, die Schienen und der Anleger werden frei werden. Hoffen wir also, dass es bis morgen oder übermorgen klappt, damit alle Verwandten und Gäste rechtzeitig auf der Hallig eintreffen.«

Danach begann Fedder seine wetterfeste Kleidung anzuziehen, die er auf der Lore trug, aber für die Fahrt in die Stadt abgelegt hatte. Wasserdichte gefütterte Ölhose, hohe Stiefel, Troier und eine Jacke, die zur Hose gehörte, schließlich die Mütze mit den Ohrenklappen und Handschuhe.

Tore nahm erleichtert zur Kenntnis, dass nicht er allein so eingemummelt war. Wie ein Säugling, hatte er zu Hause noch gedacht.

Es dauerte zwanzig Minuten, bis ein Taxi sich langsam auf dem Zufahrtsweg näherte. Der Fahrer blickte suchend in die Runde, und Fedder winkte mit hocherhobenem Arm. Das Taxi nahm auf ihn Kurs und hielt neben der Lore.

»Es wird höchste Zeit«, mahnte Fedder, schüttelte dem

Neuankömmling die Hand und machte sich über sein Gepäck her.

Der Kerl sah sich auf dem Platz um und musterte sie, ohne es für nötig zu halten, Tore und seinen Vater zu begrüßen. Noch unhöflicher als der Gänsemann, dachte Tore und rümpfte die Nase.

»Auf, auf, Tore«, sagte der Vater streng. »Ich möchte sehen, wie du im Schlafsack verschwindest!«

Angesichts des nicht mal besonders warm wirkenden Anoraks des Gastes, der außerdem nur mit Jeans und Halbschuhen bekleidet war, kam Tore sich jetzt fast lächerlich vor. Er war doch schon so warm eingepackt und sollte nicht einmal wie der Opa vorne im direkten Fahrtwind sitzen. Aber aus Erfahrung wusste er, dass der Vater solche Dinge nicht diskutieren würde. Mit zusammengebissenen Zähnen kroch er in das blöde gesteppte Ding und ruckte sich auf der hinteren Bank in Fahrtrichtung zurecht.

Fedder betrachtete seinen Gast unter Stirnrunzeln, dann schickte er ihn auf die Sitzbank hinter dem Postkasten, der ihm etwas Windschutz geben würde, kramte aus einem anderen Behältnis eine Wolldecke hervor und reichte sie dem Mann.

Der zuckte die Schultern und breitete sie sich mit einem spöttischen Lächeln über die Knie. »Und du?«, fragte er, an Tore gewandt. »Willst du auf die Hallig zur Bundeswehr? Bist du nicht ein wenig zu jung für den Wehrdienst? Oder willst du bei denen nur schlafen?«

»Was geht Sie das an?«, fragte Tore erbost und ärgerte sich selbst darüber, dass ihm keine beleidigende Antwort einfallen wollte.

Er wandte sich demonstrativ ab und beobachtete seinen Großvater, der gerade den Motor anwarf und sich danach auf die Plattform schwang, von der aus er die Lore fahren würde. Danach stellte er den Scheinwerfer an, und die Lore rollte los.

Tore hielt mit einer Hand den Verschlag der Gans fest, der inzwischen ebenfalls durch eine Plane geschützt war, und winkte seinem Vater mit der anderen zu. Dann ging es am kleinen eckigen Leuchtturm schon scharf um die Kurve und auf den Deich hoch. Die Anfahrt auf die Deichkrone dauerte ein paar quälend lange Sekunden, dann ratterten sie schneller auf der Seeseite hinunter.

Hinter ihnen verschwanden die Häuser von Dagebüll, der Lorenbahnhof und der Vater außer Sicht. Vor ihnen breitete sich das Wattenmeer aus. Zwischen dem Wasser und dem Himmel war gar kein Horizont zu sehen. Nur ein endloser Schienenstrang, der in den Nebel hineinführte. Und zur Hallig Oland, über die Tore schon oft gefahren war.

Sie waren noch nicht lange unterwegs, als Fedder abbremste und von der Lore heruntersprang. Er bediente eine Weiche, worauf sie langsam auf ein kurzes Nebengleis rollten, wo sie stehenblieben. Als Opa den Motor ausgestellt hatte, herrschte Stille.

Der Deich hinter ihnen war nicht mehr zu sehen, Oland vor ihnen auch nicht, nur Schienen, Schwellen und Nebel, obwohl sie erst bei der »Fünfzehnhunderter« waren, der Ausweichstelle, die anderthalb Kilometer vom Festland entfernt war.

»Warten wir auf etwas?«, erkundigte sich der fremde Mann, der bisher kein Wort von sich gegeben, aber unablässig die Umgebung gemustert hatte.

Der war noch nie im Wattenmeer gewesen, darauf hätte Tore wetten können.

»Ja. Auf den Gegenverkehr«, antwortete Opa Fedder bedächtig. »Der lässt heute auch auf sich warten. Alles verspätet sich heute.«

»Die Züge auch. Zwischen Bremen und Hamburg haben wir ungefähr eine halbe Stunde auf offener Strecke gestanden. Und ich habe meinen Anschluss verpasst. Unverschämtheit, so etwas!«

»Nun, ja. Weihnachtstrubel, Herr Meier«, sagte Fedder friedfertig.

»Woher wissen Sie eigentlich, dass einer entgegenkommt?«

»Er wurde mir angekündigt. Ein Oländer. Aber noch ist nicht einmal sein Scheinwerfer zu sehen. Es kann also dauern.«

»Und was hat das zu bedeuten? Macht das etwas aus?«

»Mir nicht. Aber vielleicht Ihnen. Es wird bald dunkel, außerdem ist die Sicht wegen des Nebels sowieso schlecht. Und das Wasser läuft auf. Im Sommer ist das alles spannend für Gäste ...«

Meier lachte. »Ach, mich kann man so leicht nicht erschrecken.«

Angeber, dachte Tore. Der Kerl fröstelte jedenfalls. Er hatte inzwischen eine Pudelmütze und Handschuhe aus seiner Reisetasche geholt, und die Wolldecke bis zum Hals hochgezogen, ohne das Zittern unterdrücken zu können. Die Tasche war wasserdicht, eine von der Sorte, die man auch auf Sportboote mitnahm. Tore hatte inzwischen herausgefunden, warum die Tasche so viel besser auf das Wetter und die Hallig als Meiers Kleidung ausgerichtet war: Es befanden sich in ihr gleich mehrere Fotoapparate. Sie sahen teuer aus.

»Dann ist es ja gut«, bemerkte Opa Fedder und verfiel wieder in Schweigen.

»Opa, fliegen die Puken entlang der Schienen oder über offenes Wasser, wenn sie ihren Weihnachtsausflug nach Langeness machen?«, erkundigte sich Tore.

»Die Puken?«

»Ja, die Puken«, bestätigte Tore ein wenig verwundert. Was war denn an seiner Frage so merkwürdig? »Onkel Calle hat mir erzählt, dass sie sich Ringelgänse als Taxi nehmen. Die Puken sind unsichtbar, aber die Gänse doch nicht.«

»Ach so, ach so«, sagte Opa Fedder hastig. »Die Taxigänse meinst du. Ja, die fliegen auf Sicht entlang der Schienen. Ist praktischer für sie. Auf Kompass und GPS-System können sie dadurch verzichten, weißt du? Scheint altmodisch, aber sie sind schneller ohne das Gewicht eines Ortungsgerätes.«

»Habe ich mir genau so vorgestellt«, sagte Tore zufrieden. »Ich würde gerne mal einen Puken sehen. Vielleicht, wenn sie nach den Weihnachtsfeiertagen wieder zurückfliegen.«

»Könnte sein«, sagte Opa zustimmend.

Meiers stechende Blicke wanderten zwischen Tore und seinem Großvater hin und her, während er die Lippen abfällig schürzte.

Tore kraulte die Gans mit seiner warmen Hand und verbarg die kalt gewordene im Schlafsack zwischen den Beinen. Solange er zur Hallig gefahren war, hatte er eine solche nebelfeuchte, beißende Kälte noch nicht erlebt.

Inzwischen war er richtig dankbar für die Umsicht seines Vaters. Und schließlich handelte es sich ja um einen olivgrünen Schlafsack von der Bundeswehr. Wenn man es genau bedachte, sah er darin überhaupt nicht nach Weichei aus. Eher schon der Fotograf, der mit den Zähnen klapperte.

Die Gans fror nicht, und Angst schien sie auch nicht zu

haben. »Wer bekommt eigentlich die Gans, Opa?«, fragte Tore. »Ist ein Ganter, oder?«

»Stimmt, das ist einer. Der kommt auf die Ketelswarf in die Bratenröhre. Anke hat ihn bestellt. Angeblich hat er sogar einen Namen. Alfons.«

Tore schnappte nach Luft. »Alfons von Onkel Calle! Das geht nicht, der ist doch kein Weihnachtsbraten! Der ist ein Ganter, der seine Gänse gegen Feinde verteidigt und ihnen zeigt, wo es etwas Gutes zu essen gibt.«

»Dafür bin ich nicht verantwortlich, Tore«, sagte Fedder bedauernd. »Calle und Anke haben es so vereinbart. Ich fahre Alfons nur. Und er ist nicht die einzige Gans, die in diesen Tagen, gefroren und ausgenommen, zur Hallig reist, glaub mir.«

»Das hilft ihm doch nicht!«, schimpfte Tore erbittert. »Überhaupt finde ich es nicht christlich, zum Weihnachtsfest Tiere zu morden!«

»Stell dir vor, du bekämst ausgerechnet an Weihnachten nur Knödel oder Pasta!« Der junge Mann grinste.

Tore schnaubte grimmig. »Knödel oder Pasta essen wir sowieso nicht, sondern Kartoffeln«, hieb er heraus.

»Nun werde mal nicht patzig, ja?«

»Bin ich doch gar nicht«, widersprach Tore sauer. »Ich habe Sie nur aufgeklärt. Und es ist ungerecht, dass ausgerechnet Alfons in die Pfanne soll! Was hat er Anke denn getan?«

»Wahrscheinlich nichts«, bemerkte der Kerl gleichgültig. »Es handelt sich einfach um einen Brauch. Ich jedenfalls hoffe sehr, dass der Wirt auf Hilligenlei mir als Weihnachtsbraten eine knusprige Gänsekeule mit Knödel serviert.«

»Mit Kartoffeln«, warf Opa Fedder ein. »Wir essen Kartoffeln zur Gans. Allerdings könnte es auch sein, dass Sören

Ihnen auf der Hallig geschossene Wildente mit Rotkohl vorsetzt. Die ist bei uns Tradition zu Weihnachten.«

Jetzt grinste Tore dem Mann namens Meier direkt ins Gesicht. Nun war der sauer.

Tore war sehr zufrieden mit seinem Sieg. Er konnte es getrost seinem Opa überlassen, Meier zu unterhalten. Er begann wieder mit Alfons zu schwatzen, gedämpft, damit er etwas vom Gespräch der Erwachsenen mitbekam, wenn er dazu gerade Lust hatte.

Im Augenblick allerdings weniger. Tore fand schon, dass der Gegenverkehr nun allmählich eintrudeln sollte. Er beabsichtigte ja nicht, die Nacht auf den Schienen zu verbringen. Oma würde ein leckeres Essen servieren, und dann hätte vielleicht jemand Lust, mit ihm zu spielen. Sein neuestes Spiel befand sich im Gepäck. Auf der Hallig hatten sie ja nur Mensch-ärger-dich-nicht und Karten für Skat und Doppelkopf. Die interessierten ihn nicht.

»Vielleicht schaffen es die letzten Tannenbäume noch auf die Hallig«, schwatzte Opa gerade. »Wenn es wärmer wird, brechen die Eisschollen am Anleger.«

Tore merkte auf und wartete auf den aufregenden Bericht über das fehlende Heizöl. Das sollte Tagesgespräch auf der Hallig sein, hatte ihm der Vater erzählt.

Aber vom Öl sprach der Opa nicht. Vielleicht wollte er Herrn Meier nicht erschrecken. »Früher«, begann Fedder stattdessen in geheimnisvollem Ton, »hätten Sie am Lorenbahnhof die Lore den Deichabhang noch hochschieben müssen. Auch als Gast! Da wäre jede Hand gebraucht worden. Da segelte man mit der Lore. Motoren gab es nicht.«

»Tatsächlich?«

Der Kerl war mürrisch. Für die Hallig von früher schien er

sich nicht zu interessieren. Erst als Tore ihn aufreizend musterte, bequemte er sich zu einer echten Antwort.

»Wäre wahrscheinlich ein ganz passables Fotomotiv gewesen«, stellte er widerwillig fest.

»Oh, ganz sicher«, bestätigte Opa. »Es gibt ein sehr schönes von Tante Magda auf der Lore. Käpt'n Magda. Sie versah den Postdienst und war die Letzte, die eine Segellore fuhr.«

»Muss ich mir mal zeigen lassen.«

»Machen Sie das. Da kommt übrigens die Lore. Endlich! Gleich geht's weiter.«

Tore blickte nach vorn. Diffuse Lichtstrahlen blinzelten durch den Nebel und wuchsen sich langsam zum gebündelten Strahl eines Scheinwerfers aus. Kurz danach tauchte auch die kastenförmige Lore auf.

Der Führer hielt neben Opa Fedders Fahrzeug an und öffnete ein beschlagenes Fensterchen. »Moin, Fedder.«

»Moin, Ipke«, grüßte Opa, danach führten sie leise ein Gespräch, das wohl nicht für einen Gast gedacht war.

Etwas neidisch betrachtete Tore die Oländer Lore. Sie sah aus wie eine Kiste mit einem breiten Fenster an der Vorderseite, zwei schmalen hohen an der Rückseite und je einem kleinen rechts und links. Wie ein Auto war sie mit Scheibenwischern ausgestattet, und wärmer war es da drinnen bestimmt. Inzwischen hätte er nichts gegen eine gedeckte Lore gehabt. Er fror nicht, aber es gab einfach angenehmere Beförderungsmittel.

»Nein, Fedder, wie es im Augenblick zwischen Oland und Langeness auf den Schienen aussieht, weiß ich nicht«, sagte der Oländer schließlich lauter in bedauerndem Ton. »Niemand ist seit Hochwasser von dort gekommen. Es ist kaum Verkehr, obwohl das Marschenamt die Schienen inzwischen für uns Halligleute freigegeben hat. Morgen wird es wohl mehr werden, sofern die Fähre immer noch nicht anlegen kann.«

»Was sagt der neueste Wetterbericht?«

»Linksdrehender Wind bis Südwest und zunehmend. In der Nacht Sturmböen. Die Kältewelle ist zu Ende, es soll jetzt schnell wärmer werden.«

»Danke, wir machen uns dann besser auf den Weg«, versetzte Fedder eilig, sprang von der Lore und legte die Weiche um, während der andere seinen Weg zum Festland schneller als vorher fortsetzte.

Kapitel 4

Wieder klingelte das Telefon bei Anke. Sie klapperte die Treppe hinunter, den Kinkenboom in der Hand, den sie gerade vom Söller geholt hatte. Das war bestimmt Fedder, der bereits angekommen war. Früher als erwartet, aber umso besser. Der Transport von Alfons war organisiert, sie brauchte ihrem Nachbarn Krischan nur Bescheid zu sagen. Der würde die Gans auch für sie schlachten und rupfen. Seit im Oktober die Jagd auf war, schoss er ohnehin Flugenten und machte sie küchenfertig. Anke stellte das uralte hölzerne Gestell vorsichtig ab, das in früheren Zeiten auf der Hallig als Weihnachtsbaum gedient hatte und das sie weiterhin nicht missen mochte, und eilte in die Diele.

Am Telefon war jedoch Anna. Schon bei ihrem ersten Atemzug überfiel Anke ein mulmiges Gefühl. Noch eine Kursänderung?

»Das Kind kommt, Mutti. Viel früher als berechnet. Was mache ich denn jetzt?«

Panik lag in ihrer Stimme. Anke bemühte sich um Ruhe. »Als erstes Käte benachrichtigen.«

»Sie ist schon unterwegs.«

»Dein Koffer für die Klinik ist gepackt und griffbereit?«

»Ja, Mutti, aber es ist zu spät.« Der Hörer polterte zu Boden. Anke wartete sorgenvoll. Einige Sekunden später war ihr Schwiegersohn am Apparat. »Das war eine Wehe. Ins Krankenhaus schaffen wir es nicht mehr.«

»Ich komme sofort«, sagte Anke und beendete das Gespräch. Vorsorglich stellte sie den Backofen aus, in dem die Küchlein noch nicht fertig gebacken waren, aber wenn das das einzige Malheur im Zusammenhang mit der Geburt ihres Enkels blieb, konnte sie es verschmerzen. Hastig angekleidet, lief sie zu Krischan hinüber, der sofort startklar war.

Käte, die es von der Bandixwarf zur Hunnenswarf näher hatte als Anke, war bereits eingetroffen. Mit heiterem Gesicht sprach sie beruhigend auf Anna ein, während sie sich über Beginn und Abstand der Wehen informierte.

Anke dankte im Stillen wieder einmal dem Glück, dass die Hallig eine so zuverlässige, bewährte Krankenschwester hatte, deren Familie hier ansässig war und die nicht in eine Großstadt wechseln würde, weil es ihr auf der Hallig langweilig wurde. Immer wenn die von der Gemeinde angestellte Halligschwester Urlaub hatte, war Käte, eigentlich pensioniert, zur Stelle.

Im Augenblick wurde Anke nicht gebraucht. Sie ging in die Küche zurück, wo sie auf ihren Schwiegersohn traf, der sich mit zitternden Händen eine Zigarette anzustecken versuchte. Verkehrt herum. Der Filter stank, und er merkte es nicht einmal. »Nommen«, sagte sie, »du solltest jetzt nicht rauchen. »Der Geruch zieht nach oben. Womöglich direkt in die Lunge eines Neugeborenen.«

»Meinst du?«, fragte er erschrocken und drückte den stinkenden Filter aus.

Mit absoluter Sicherheit wusste er gar nicht, wovon Anke gesprochen hatte. »Ich koche jetzt erst einmal Kaffee für uns alle«, sagte sie und ging resolut an die Arbeit. »Und du setzt dich am besten an den Tisch und atmest mal tief durch. Es wird schon alles gutgehen. Schließlich haben wir fast schon Weihnachten.«

»Ja«, murrte Nommen wortkarg und begann eine leere Tasse von rechts nach links und wieder zurück zu schieben. Als Anke schließlich mit dem Kaffee kam, verfolgte sie die Tasse mit der Kanne, und schließlich gelang ihr der Kaffeetransfer auch ohne viel Kleckern. Nur trank Nommen ihn gar nicht.

Anke bezwang ihre wachsende Ungeduld zu erfahren, was Käte feststellen konnte. Möglicherweise verlief die Geburt ja rasch und komplikationslos. Vielleicht kam das Kind gerade.

Nach unendlich vielen Minuten eilte Käte herunter. Nicht als lang vertraute Nachbarin, Freundin, ehemalige Mitschülerin von Anke, sondern mit der Miene einer höchst konzentrierten Krankenschwester.

Ihr Gesicht verhieß nichts Gutes. Sie schüttelte den Kopf. »Nein, noch ist das Kind nicht da. Und irgendetwas ist ungewöhnlich, das meine Kenntnisse und Fähigkeiten übersteigt, selbst wenn man mich per Telefon vom Krankenhaus anleiten würde. Nommen, sei so gut und ruf den Hubschrauber vom Rettungsdienst.«

Nommen stieß die Tasse von sich, sprang mit bleichem Gesicht auf und stürzte in den Flur. Sie hörten ihn wählen und dann laut und aufgeregt sprechen.

»Was ist denn mit dem Kind?«, fragte Anke bang. »Lebt es nicht?«

»Doch, doch, es bewegt sich. Fast zu viel, würde ich sagen. Hat der Arzt bei der letzten Vorsorgeuntersuchung nichts gesagt?«

»Ich wüsste nicht«, antwortete Anke. »Anna hätte es mir erzählt.«

»Ich verstehe es nicht«, antwortete Käte leise. »Wir müssen beten.«

Anke warf die Hände vor den Mund. »Du liebe Zeit«, flüsterte sie. »So schlimm steht es?«

Käte gab ihr keine Antwort.

Nommen kam zurück. »Sie haben versprochen, sofort loszufliegen, wenn die Maschine zurück ist. Im Augenblick ist sie an der dänischen Grenze im Einsatz. Ich benachrichtige trotzdem jetzt schon unsere Feuerwehr.«

Eine Viertelstunde später hörte man die Sirene des Feuerwehrwagens, der auf der Ketelswarf stationiert war. Gut, dass sie den Backofen vorsorglich ausgestellt hatte, dachte Anke, während sie neben ihrer Tochter saß und ihre Hand hielt. Es würden an diesem Spätnachmittag in einigen Häusern die Weihnachtsvorbereitungen oder das Decken des Abendbrottisches unterbrochen werden, denn zur Feuerwehr gehörten mehrere Frauen, und sie alle wurden jetzt zum Einsatz gerufen.

Kurz danach war es soweit. Anke und Nommen zogen sich an und eilten die Ack hinunter zur Straße, wo der Feuerwehrwagen mit blinkendem Rundumlicht gerade Position bezogen hatte. Es schien von Halligleuten nur so zu wimmeln, und jeder hatte etwas zu tun. Sie mischten sich unter die Helfer.

Soeben wurden rotweiße Bänder in einigem Abstand voneinander quer über die Kreisstraße der Hallig gezogen, um den Autoverkehr zu sperren, während der Hubschrauber auf ihr landen würde. Natürlich waren kaum Autos zu erwarten, aber so war die Vorschrift.

Vermutlich würde der Ganter der einzige sein, der auf seine Weiterfahrt warten musste, dachte Anke. Sie kam sich ganz nutzlos vor. Vom Hubschrauber war natürlich noch nichts zu hören. Sie versuchte seine Lichter durch die Dunkelheit zu erspähen. Nichts. Hinter ihr bremsten Autos, und sie drehte sich um. Zwei vollbesetzte Autos. Offensichtlich Männer vom Marschenbauamt, die eine Inspektion vorgenommen hatten und gerade jetzt nach Hause wollten. Nun, auch sie mussten warten.

Auf ihren Wangen spürte Anke den Wind, der gedreht hatte und offensichtlich auffrischte. Es war milder geworden, fand sie. Aber sie fröstelte trotzdem. Sie hatte auf einmal Angst.

Opa Fedder verlangte dem Motor jetzt Höchstleistung ab. Er summte wie der Bienenschwarm von Onkel Calle, wenn der an seinen Körben arbeitete.

Die »Dreitausender-Ausweichstelle« hatten sie hinter sich. Allmählich verbreiterte sich der feste Boden seitlich der Schienen und wurde zum Grasland. Oland war erreicht.

Der erhöhte Schemen links von den Schienen war die Dorfwarft. Mehrmals passierte die Lore betonierte Plattformen, von denen aus die Wege zu den Häusern führten, wie Fedder dem Herrn Meier erklärte. Rechts von den Schienen lag Grünland.

Der Mann namens Meier nickte immer nur wortkarg.

Wenn einer bibbern muss, spricht er nicht viel, dachte Tore, der ihn verstohlen beobachtete. »Sollen wir auf Oland etwas abliefern oder mitnehmen?«, warf er ein, um Meier zu demonstrieren, dass er ein Kenner dieser Fahrstrecke war.

»Heute nicht«, antwortete Opa Fedder, der sich dann wieder mit aufmunterndem Lächeln an seinen Gast wandte. »Es dauert nicht mehr lange, Herr Meier. Bald können Sie sich mit einem starken Grog aufwärmen. Oder auch zwei.«

»Freu mich wahnsinnig drauf.«

So hörte es sich nicht an. Tore zog die Augenbrauen in die Höhe und versuchte festzustellen, wie Meier es wirklich meinte. Aber der presste die Lippen zusammen und wandte das Gesicht ab.

»Wenn wir erst einmal die scharfe Linkskurve hinter uns haben, sind wir ganz schnell auf Langeness«, tröstete Opa Fedder seinen Gast, ohne sich umzudrehen. Denn sie verließen jetzt das Halligland, und neben den Schienen begannen im Scheinwerferlicht Eisschollen sichtbar zu werden und Wasser aufzublitzen.

Fedder fuhr jetzt zuweilen schneller, dann drosselte er den Motor wieder. Die Strecke über Wasser erforderte seine ganze Konzentration.

Plötzlich stieß er einen leisen Fluch aus und bremste die Lore ab, bis sie stillstand. Dann sprang er vom Wagen und folgte den Schienen. Meier drehte sich in Fahrtrichtung um, und Tore reckte den Hals, um an ihm vorbei nach vorne zu schauen.

Fedder kehrte mit einem dicken Tauende in der Hand zurück und zeigte es seinem Gast, bevor er es in einem Plastikbeutel verstaute. »Das stammt von einem seegehenden Schiff. Kommt immer wieder vor, dass solche Teile von der

Nordsee ins Wattenmeer hereingeschwemmt werden.« Seine Wimpern und sein Bart waren inzwischen weiß vom gefrierenden Nebel. Mühelos federte er rückwärts in die Höhe und kam zum Sitzen auf seine Plattform. Seine Füße baumelten seitwärts herunter, und er konnte jederzeit abspringen.

Tore war richtig stolz auf seinen sportlichen Opa. Dagegen sah Meier mit seinem spärlichen Ziegenbart und den paar dunklen Locken unter der Pudelmütze aus wie ein zerzaustes, verfrorenes Teichhuhn.

»Und warum werfen Sie es nicht einfach weg?«

»Damit es nicht erneut irgendwo auf den Schienen liegenbleibt. Man muss das Zeug entsorgen. Wehe, wenn ein Lorenführer schläft und es übersieht!«

»Was passiert dann?« Meiers Interesse war weiterhin sehr mäßig. Aber er hatte Angst. Tore nicht. Sein Opa passte immer auf.

»Na, ja«, sagte Fedder vorsichtig. »Die Lore kann schlimmstenfalls umstürzen.«

»Und dann?«

»Die Fahrgäste können sich natürlich verletzen. Sie sehen ja die großen Steine, auf denen die Schwellen und die Schienen verlegt sind. Wenn man da draufknallt – eine Rippe kann es schon kosten.«

»Passiert das öfter?«

»Zwischen Oland und Langeness eher selten. Bei Hochwasser werden große Gegenstände meistens über die Schienen hinweggeschwemmt. In Festlandsnähe ist die Strömung schwächer, da bleiben sie schon mal auf den Schienen liegen. Bei Dunkelheit und Nebel, oder wenn man sich verspätet hat und bei Seegang durch Wasser fahren muss und nichts sieht, da kann man draufbrummen und umkippen. Es hängt auch vom Fahrer ab. Ich habe noch keinen solchen Unfall gehabt. Ich fahre diese Strecke um die vierzig Jahre.«

»So, so.« Meier wirkte erleichtert.

»Opa, sieh doch mal. Da liegt ein nagelneuer Gummistiefel im Schlick«, sagte Tore mit einem aufreizenden Grinsen, das Meier zugedacht war, und zeigte nach unten. Direkt neben der Lore lag ein derber grüner Arbeitsstiefel mit weitem Schaft.

»Ist bestimmt von einer Yacht heruntergeweht, Tore, und hier angetrieben worden.«

»Jetzt, im Winter? Von einer Yacht«, fragte Tore betont. Er verzichtete jedoch darauf, anzumerken, dass Stiefel für Segler anders aussahen. Auch war kein Emblem einer Sportfirma zu erkennen. Er kannte sich damit aus, das Boot seiner Familie gehörte dem Yachtclub von Schlüttsiel an.

Opa blickte Tore so streng an, dass er wusste, was er sollte. Es gehörte sich nicht, einem Gast Angst zu machen. Und Herr Meier war eine Landratte aus Gegenden, in denen man Knödel aß.

»Na, gut«, murmelte Tore. Er wusste es zwar besser, aber an Weihnachten war natürlich Gnade für Angsthasen angesagt.

Es ging weiter. Der Nebel hing tief über ihnen, und obendrein war das Tageslicht im Schwinden. Opa Fedder fuhr in gleichmäßigem Tempo dahin. Unter ihnen ratterten die eisenbereiften Räder über die Schienen.

Keiner sprach. Tore hatte seine zweite Hand längst aus dem Käfig zurückgezogen und zur anderen ins Warme geholt. Alfons hatte den Schnabel unter dem Gefieder versteckt. Herr Meier war bis zur Nasenspitze in der Wolldecke verschwunden, die ihm jetzt nur bis zu den Unterschenkeln reichte. Seine Halbschuhe rieben unaufhörlich aneinander. Es war nervig. Tore wandte sich ab und döste trotz der Kälte allmählich ein.

Geweckt wurde er durch eine Vollbremsung der Lore.

Kapitel 5

Was ist jetzt wieder los?«, rief Herr Meier nervös, der offenbar genau wie Tore aus dem Halbschlaf gerissen worden war.

Fedder fluchte leise. »Nichts Besonderes.« Er war abgesprungen und balancierte über die nassen, schwarzen Schwellen nach vorne.

Tore sah im Licht des Scheinwerfers quer über den Schienen liegend etwas Dunkles, Großes. »Was ist das, Opa? Soll ich dir helfen?«

»Nein, bleib du nur im Warmen. Ein toter Seehund, der sich an einem Pfahl verklemmt hat. Gibt es auch nicht oft. Heute stellen wir Ihnen aber alle Fotomotive zur Verfügung, die wir so bieten können, Herr Meier«, rief Fedder scherzhaft. »Müsste wohl nur heller sein! Geht es nicht mit Blitz?«

»Zu kalt. Mir erfrieren ja die Hände! Verdammt noch mal, hätte ich diesen Auftrag bloß nicht angenommen«, schimpfte Meier. »Ich hatte die Wahl: Weihnachten im Bierzelt auf Mallorca. Thema: *Was essen die deutschen Urlauber im Strandrestaurant?* Aber eine Hallig schien mir exotischer. Unbekannter. Das habe ich jetzt davon!«

»Dort hätten Sie die andalusischen Großesel fotografieren

können. Kennen Sie die? Die sind weiß. Der katalanische Großesel ist schwarz, und den gibt es dort auch.«

»Du bist ein unverschämter kleiner Naseweis«, fuhr Meier ihn an.

Wieso denn das? Was war an der Frage nach einer besonderen Eselrasse unverschämt? Der Kerl war ja wirklich reizbarer als eine Hornisse. Während Tore darüber nachdachte, hörte er Opas Schnaufen, das bis zur Lore zu hören war. Das Tier, das er von den Schienen herunterhieven musste, schien besonders schwer zu sein. »Soll ich nicht doch kommen, Opa?«

»Ist – schon – gut«, antwortete Fedder abgehackt und kehrte mit vorsichtigen Schritten von Schwelle zu Schwelle zurück, um nicht auszurutschen. An einer Stelle blieb er stehen, um hauchdünne Eisplättchen von den Schienen zu schieben. Hoffentlich froren die nicht in der nächsten halben Stunde zu echten Eisschollen heran.

Auf Eis würden die eisenbereiften Räder durchdrehen. Dann würde Tore mit einem Staken vorausgehen müssen, um die Dinger von den Schienen zu schieben, während Opa im Schritttempo hinterherzuckelte. Hatte Tore schon erlebt, allerdings nur als Zuschauer.

Aber Tore hatte trotzdem das Gefühl, dass sein Opa sich nur um das bisschen Eis kümmerte, um unauffällig zu Atem zu kommen. Vielleicht war er doch nicht mehr so sportlich, wie er hatte erscheinen wollen. Beklommen sah Tore ihm ins Gesicht. Fedder bemerkte es und lächelte ihm mühsam zu. Und dann kletterte er ganz langsam auf seinen Sitzplatz vor dem Motor.

»Hoffentlich geht es jetzt endlich schneller voran, Herr Postschiffer«, bemerkte Herr Meier leise, aber mit Nachdruck in der Stimme. »Wissen Sie, ich habe nicht jede Menge Zeit.

Ich gehöre zu der arbeitenden Bevölkerung. Und ich friere mir bald die Zehen ab!«

»Opa arbeitet auch! Und er kann doch nichts für die Verspätung!«, warf Tore aufgebracht ein. »Sie sind ja selbst zu spät gekommen! Ohne Sie hätte Opa es locker vor dem Oländer auf die Hallig geschafft, damit Sie es nur wissen! Ohne Sie wären wir schon längst zu Hause im Warmen!«

»Schon gut, Tore«, sagte Fedder, der sich inzwischen erholt hatte. »Herr Meier ist den ganzen Tag auf der Bahn unterwegs, hungrig und verfroren ist er bestimmt auch, und da hat man so eine Reise am Ende satt. Ich verstehe das.«

»Das hilft mir aber auch nicht«, knurrte Meier.

»Ich fahre, so schnell es irgend geht«, sicherte Fedder zu, und Tore hörte genau, dass dieses Thema für ihn jetzt beendet war. »Wenigstens brauchen wir hier draußen mit Tang und Seegras nicht zu rechnen.«

»So, so.«

Der Motor brummte mit Höchstleistung. »Was wollen Sie denn auf der Hallig fotografieren?«, erkundigte sich Opa Fedder.

»Alte Halligbräuche.«

Alte Bräuche? Wahrscheinlich die, von denen Onkel Calle gesprochen hatte. Noch ältere als Tante Magda auf der Segellore. Darauf war auch Tore neugierig. Jedenfalls ein bisschen.

»Welche meinen Sie?«, fragte Fedder unbewegt.

»Nun, erst einmal die friesischen Trachten und so«, sagte Meier unsicher. »Die Frauen ziehen sie zu Festtagen noch an, habe ich gelesen. Und an Heiligabend soll ein gewisser Kinken von Haustür zu Haustür ziehen – als Jesus verkleidet, oder wie geht das? Und stellen die Kinder eigentlich immer noch Schuhe auf die Fensterbank für die Gaben?«

Fedder mahlte mit den Zähnen und schwieg. Tore hätte sich fast an seinem Kichern verschluckt, das er aber zu unterdrücken versuchte. Er spürte genau, dass sein Opa ihm böse gewesen wäre. Anscheinend suchte er nach einer Antwort, die Meier nicht beleidigen würde.

»Eigentlich nicht mehr«, sagte Fedder schließlich.

»Opa, es gab doch mal den *Robbert* und die Kindschen«, warf Tore ein.

»Na, ja«, gab Fedder etwas unwillig zu.

»Was ist mit diesem Robbert?«, hakte Meier sofort begierig nach.

»Ein Silvesterbrauch.«

»Ja, und?«

»Der Robbert und drei Engel fuhren von Warf zu Warf, und dort sangen und tanzten sie für die Kinder.«

»Fuhren? Tun sie es nicht mehr?«

Mit dieser knappen Auskunft beabsichtigte Meier sich nicht zufriedenzugeben, aber Opa schüttelte stumm den Kopf. Den Robbert gab es nicht mehr, das wusste Tore, aber Opa wollte dazu auch nichts mehr sagen.

»Darüber würde ich sehr gerne schreiben …«

Vermutlich wollte Opa gerade das verhindern. In diesem Augenblick gab Alfons einen lauten Schrei von sich. Ja, recht hast du, dachte Tore zufrieden, gib du deinen Senf auch noch dazu! Dann fiel ihm endlich etwas ein, womit er Meier vielleicht vom Robbert abbringen konnte. »Die Puken kommen natürlich«, meldete er sich. »Sie sitzen als Passagiere auf den Ringelgänsen und sind für Menschen unsichtbar. Vielleicht können Ihre tollen Fotoapparate sie ja sichtbar machen. Glauben Sie, dass es technisch ginge, Herr Meier?«

Meier sah ihn zweifelnd an. »Unsichtbare Puken, Gänse

ohne System und tanzende Engel. Habt ihr auf der Hallig noch mehr so abartige Dinge?«

»Wieso abartig?«, erwiderte Tore. »Das GPS-System ist etwas ganz Modernes. Paps benutzt es zur Navigation auf See. Aber man kann es überall verwenden, wenn man die Position kennt, auch um Bierzelte zu orten.« Jetzt kicherte er doch.

»Die finde ich allein!«, bemerkte Meier mürrisch.

Bestimmt. Aber Tore spürte, dass er zu weit gegangen war. Und er wollte doch dem Opa keinen Ärger machen. »Onkel Calle hat mir von den Puken erzählt«, flocht er schnell als Beweis ein. »Und der muss es wissen, der weiß alles über Gänse, weil er eine Gänseherde hält.«

»Pff«, schnaubte Meier. »Kleiner, glaubst du etwa, ein Busfahrer hätte den totalen Durchblick, was seine Fahrgäste machen, wenn sie nicht im Bus sitzen?«

Tore runzelte die Stirn.

»Nicht geschnallt?«

Geschnallt schon. Er hatte sich tatsächlich vergaloppiert. Doof war der Meier nicht. Peinlich, dachte Tore und suchte nach einer Ausrede. Die Lore neigte sich ein wenig nach links. Das war die scharfe Linkskurve, die letzte Richtungsänderung vor Langeness, ab da würden sie geradewegs auf die Hallig zusteuern. Weichen gab es keine mehr. Ein Glück! »Puken und Gänse kennen sich gut«, verteidigte er sich lahm, »und Onkel Calle versteht sie.« Er starrte in die Nebelschwaden, die durch das Scheinwerferlicht waberten. Mittlerweile war es stockfinster geworden.

»Ein Gänse- und Pukenversteher, ja?«, höhnte Meier.

Im nächsten Augenblick ruckte ein Vorderrad über irgendeinen Gegenstand, die Lore machte einen Hopser und hob von den Schienen ab. Tore spürte noch, wie eine gewaltige Kraft an ihm zerrte, dann katapultierte sie ihn in die Höhe, und er flog durch die Luft. Die Landung im eisigen Matsch nahm ihm den Atem.

Kapitel 6

Tore lag auf dem Rücken und starrte nach oben. Auch als er endlich wieder Luft holen konnte, sah er nichts als Schwärze.

Es war Nacht.

Wie lange er schon dalag, wusste er nicht. Aber das eisige Wasser drang allmählich durch den Schlafsack nach drinnen. Warum kam ihn niemand holen?

Dann erst wurde ihm bewusst, dass Opa und der Mann namens Meier ja auch irgendwo sein mussten. Aber er hörte keinen Ton. Mühsam richtete er sich auf und versuchte mit klammen Fingern den Reißverschluss zu öffnen, den er natürlich nicht aufbekam. Immer ängstlicher lauschte er. »Opa? Opa!«, schrie er.

Aber nur der Wind antwortete.

Ihn packte die Angst. Opa Fedder und Meier waren tot!

Dann hörte er ein Stöhnen. »Opa! Lebst du?«, brüllte er und zwängte die Schultern durch die schmale Öffnung, die der rostige Reißverschluss nach all seinem Zerren endlich freigab. Er versuchte, sich auf die Füße zu stemmen. Seine Hände gerieten in eiskalten Matsch.

»Ja, hier bin ich«, keuchte Fedder.

Als Erstes rannte Tore gegen die umgestürzte Lore, aber dahinter fand er seinen Großvater der Länge nach unterhalb des Steindamms liegend. Ein Fuß war verdreht, die Lage stimmte nicht, das konnte auch Tore erkennen. »Kannst du aufstehen?«, fragte er ängstlich.

Fedder biss sich auf die Zähne, dass sie knirschten, stemmte sich ein wenig in die Höhe und schüttelte den Kopf. »Ich glaube, der Fuß ist gebrochen.«

»Wo ist denn der Meier?«, fragte Tore hastig. »Wir müssen dich aus diesem Matsch herausbekommen! Allein schaffe ich das nicht.«

»Ja, wo ist Meier?«, murmelte Fedder, fiel wieder zurück und schloss die Augen.

»Herr Meier!«, brüllte Tore, außer sich vor Angst. Starb sein Opa jetzt? Typisch, dachte er, während seine Angst in Wut umschlug, hat der Mann sich etwa aus dem Staub gemacht? Zutrauen würde er es ihm. Der war von Anfang an so unsympathisch.

Der Kerl antwortete immer noch nicht. Tore suchte eine ganze Strecke vor und hinter der Lore ab. Meier war nicht da. Und am zerbrochenen Scheinwerfer, den er zwischendurch anzumachen versuchte, hätte er sich fast geschnitten.

Schließlich kam er auf die Idee, jenseits der Schienen nachzusehen. Wer wusste schon, wie die Flugbahnen von Passagieren beim Umstürzen einer Lore verliefen?

Da lag er tatsächlich. Mit dem Kopf auf den Steinen, ohne sich zu rühren. Tot! Oder nicht? Tore tastete nach seinem Arm, der kalt war, aber schließlich spürte er irgendetwas klopfen, und er beschloss, dass es der Puls sein musste. Dann drehte er vorsichtig Meiers Kopf. Klebrig. Blut. Der Mann war bewusstlos, aber er lebte.

Tore richtete sich auf und holte tief Luft. Er war auf sich allein gestellt. Er musste Hilfe holen.

Als er zu seinem Großvater zurückgekehrt war, war Fedder aus seiner Starre erwacht. Mit bloßer Hand tastete er im Matsch umher. »Hilf mir, mein Handy zu finden, Tore«, murmelte er. »Es muss hier irgendwo liegen. In meiner Tasche ist es nicht. Muss wohl herausgerutscht sein.«

»Ich sehe nichts«, sagte Tore beklommen, nachdem er Fedder gebückt umrundet hatte.

»Versuch es mit dem Scheinwerfer.«

»Ist kaputtgegangen«, berichtete Tore. »Habe ich schon festgestellt.«

»Dann die Taschenlampe an meinem Autoschlüssel.«

»Oh, ja.« Tore hatte Mühe, sich durch die wetterfeste Schutzkleidung seines Opas zur Hosentasche durchzuwühlen. Die Lampe leuchtete nicht besonders stark, aber schließlich entdeckte er das Handy. Es hatte sich in den grisseligen Schnee bis zur Hälfte eingegraben. »Nicht mehr brauchbar«, stellte er fest.

»Gib her!« Sogar Opa Fedder konnte jetzt seine Besorgnis kaum noch verbergen.

Tore gab ihm, ohne zu widersprechen, das Handy, obwohl er selbstverständlich damit umgehen konnte und wusste, dass es kaputt war.

Nach einer Weile gab Fedder auf. Das Handy klatschte neben ihm in den Matsch.

»Meier hat bestimmt auch eines«, fiel Tore nach einer Weile ein und kletterte über die Schienen auf die andere Seite. Am Zustand des Mannes hatte sich nichts geändert.

Tore zerrte seine Beine hoch, so dass sie auf eine ziemlich trockene Stelle zu liegen kamen, dann machte er sich daran, ihn zu durchsuchen. Ihm war irgendwie dabei unbehaglich, aber es ging nicht anders.

Nur dass der Kerl gar kein Handy besaß! Bei einem solchen Widerling hätte man sich das fast denken können!

»Sie werden uns suchen«, sagte Fedder plötzlich. »Ihnen wird auffallen, dass kein Scheinwerferlicht auf der Strecke zu sehen ist, sie werden mit Oland telefonieren, wo irgendjemand ihnen sagen kann, wann Ipke und ich uns begegnet sein müssen. Dann können sie sich ausrechnen, dass etwas passiert ist.«

»Das dauert zu lange, Opa«, widersprach Tore ernst. »Meier ist verletzt, wie schwer, weiß ich nicht, aber er ist schon eine Weile bewusstlos. Wie lange können Verletzte bei dieser Kälte aushalten?«

»Nicht sehr lange«, gab Fedder zu.

»Ich werde Hilfe holen«, beschloss Tore, obwohl ihm vor der Wanderung im Dunkeln graute. »Es ist die einzige Möglichkeit.«

»Das ist das Einzige, das du nicht tun wirst«, knurrte Opa Fedder. »Du wirst dich verirren und im auflaufenden Wasser ertrinken. Kommt überhaupt nicht in Frage.«

»Ich nehme die Taschenlampe mit«, bot Tore bereitwillig an. Die Erwachsenen waren zu zweit, sie mussten es eben ohne Licht aushalten. Ihm würde sie ein Stück Sicherheit geben.

»Die ist am Ende. Ich hätte die Batterie wechseln sollen«, sagte Fedder müde. »Und die Gefahr, dass du dich verirrst, ist wirklich groß, glaub es mir, mein Junge. Wenn du nur einmal von den Schienen herunter musst, aus welchen Gründen auch immer – Bei dem Nebel und ohne große Erfahrung. Oder du rutschst auf den vereisten Steinen aus und brichst dir auch das Bein. Verstauchen reicht schon. Kriechend erreichst du die Hallig nicht. Am Ende finden sie uns beide, und du bist verschwunden, oder sie kommen für uns alle zu spät …«

Tore wusste, wann Widerspruch zwecklos war. Vor allem, wenn Opa *mein Junge* sagte. Er erhob sich, um nach dem Ganter zu sehen. Der hatte noch keinen Mucks von sich gegeben. War wahrscheinlich tot. Aber besser ein Unfalltod als ein Schlachttod!

Die Trümmer der Kiste lagen weiter draußen im Schlick als er sich hatte vorstellen können. Sie musste sich mehrfach überschlagen haben. Der Verschlag hatte sich in seine Einzelteile zerlegt, das Türchen lag im Schlamm. Weit und breit war nichts von einer Gans zu sehen.

Tore konnte sich ein Grinsen nicht verkneifen. Alfons hatte Anke ein Schnippchen geschlagen. Vielleicht fand er ja eine kleine Schar von überwinternden Ringelgänsen, die ihm zeigten, wie man sich in freier Wildbahn ernährt. Der Ganter würde es schon lernen, denn er war natürlich ein besonders intelligentes Exemplar seiner Art.

Tore wusste, wann ein Tier intelligent war. Hansi, sein Kaninchen, war es nicht.

»Tore«, rief Opa Fedder mit schwacher Stimme. »Du bist doch noch da, oder?«

»Natürlich, Opa«, rief Tore beruhigend zurück und meinte, einen erleichterten Seufzer gehört zu haben.

»Kannst du versuchen, Herrn Meier so trocken zu lagern wie irgend möglich. Auf der Lore müsste sich im Kasten beim Werkzeug und der Ölkanne noch eine zusammengefaltete Plane befinden. Da rollst du ihn drauf. Und breite deinen Schlafsack über ihn. Ein nasser Schlafsack ist besser als gar keiner.«

»Eine Wärmehülle, ich weiß«, flüsterte Tore beklommen

und ärgerte sich, dass er nicht selbst daran gedacht hatte. Nur hätte er lieber den Großvater als den Schnösel eingepackt. Aber jetzt war es zu spät.

»Ein Toter auf der Lore ist vielleicht ein Krimititel, aber für die Hallig eine Katastrophe. Das wollen wir nicht riskieren ...«

Tore hörte hinter den launigen Worten die Verzweiflung in Opas Stimme. Er tat alles, um vor seinem Enkel zu verbergen, wie ernst es um ihn und Meier stand. »Und jetzt werde ich doch gehen. Ich behalte die Schienen im Auge, Opa, ich verspreche es. Und ich bleibe immer drauf! Wie weit ist es denn?«

»Nein, Tore, tu mir das nicht an!« Fedder wurde zusehends matter. »Bis zum Beginn des Landschaftsschutzgebietes von Langeness ist es mehr als ein Kilometer. Auf Steinen und Bahnschwellen. Du brauchst mindestens eine halbe Stunde, bis du festen Boden unter den Füßen hast.«

»Und bis zur Bandixwarf?«, fragte Tore hartnäckig.

»Drei, vier Kilometer. Aber bitte versprich mir, dass du nicht zur Hallig zu wandern versuchst. Dein Ehrenwort darauf – Es ist vielleicht das letzte Mal ...«

Tore hätte am liebsten vor Wut gebrüllt. Ehrenwort! Er konnte seinem Opa weder die Bitte abschlagen, noch konnte er ein großes Ehrenwort brechen. Auf irgendetwas musste Verlass sein. »Ich verspreche«, sagte er gepresst.

Dann machte sich Tore an der Lore zu schaffen. Der Kasten war natürlich durch ein Hängeschloss verschlossen, was der Opa ganz vergessen hatte. Zum Glück hing der Schlüssel am Bund. Es dauerte nicht lange, bis Tore die Plane herausgezerrt hatte, eine grüne von der Sorte, mit denen man auch Yachten abdeckt.

Er schleifte das Bündel auf die andere Seite zu Meier hinüber. Der war zwar noch nicht zu sich gekommen, aber er gab unbestimmte Geräusche von sich, stammelte einen Namen. Tore wusste nicht, ob das gut oder schlecht war. Wahrscheinlich eher gut. Vielleicht war es seine Freundin, wenn er überhaupt eine hatte. Sollte Tore eigentlich wundern.

Es war Schwerstarbeit, den Kerl auf die Plane zu zerren. Rücksicht auf gebrochene Rückgrate oder Rippen konnte Tore da nicht nehmen. Dann schlug er den Rest des Plastikgewebes über Meier und klemmte die Kante unter ihn, bis er wie in einen Raupenkokon gewickelt lag. Über alles den schweren, nassen Schlafsack!

Dankbar, dass er den Mann endlich in trockenen Tüchern hatte, ließ Tore sich selbst neben ihn fallen, um auszuschnaufen. Während er sein Werk inspizierte, musste er grinsen. Meier im Kokon hatte jetzt die Möglichkeit, zu einem etwas freundlicheren Wesen auszureifen. Hoffentlich nutzte er die Gelegenheit!

Bibbernd kam Tore wieder auf die Füße. Opa hatte zwar nichts davon gesagt, aber soviel er selbst gehört hatte, musste ein Knochenbruch geschient werden. Gerade war es ihm wieder eingefallen. Er sammelte vier einzelne Latten des Käfigs ein und trat mit einem mulmigen Gefühl zu seinem Opa.

Fedder war ohne Bewusstsein. Auch das noch! Tore ließ sich neben ihn auf die Knie fallen und hätte vor Verzweiflung am liebsten geheult. Warum musste denn alles schiefgehen? Aber auch alles!

Als Tore wieder aufsah, stand Alfons vor ihm und sah ihm tief in die Augen. »Alfons«, stammelte Tore beglückt, »du bist zurückgekommen?«

Alfons schlug leise mit dem Flügeln. Gewissermaßen tatendurstig.

»Du hast ja so recht«, befand Tore, »du wirst auf der Hallig Bescheid sagen. Ich muss beim Opa bleiben.«

Alfons hatte anscheinend nichts dagegen, einen Auftrag auszuführen. Seine Augen funkelten.

»Abgemacht«, sagte Tore. »Sie sollen warme Kleidung, was Heißes zu trinken und Wärmflaschen mitbringen! Ich setze dich auf den Schienenstrang, und dann läufst du auf ihm entlang. Immer geradeaus. Verstanden?«

Alfons flatterte energisch. Tore wollte gerade zur Tat schreiten, als Opa sich rührte und die Augen aufschlug.

»Unsinn, Tore«, sagte er. »Für so etwas bist du nun wirklich zu alt! Im Märchen klappt so etwas vielleicht, aber im echten Leben nicht. Und jetzt hilf mir über die Schienen zu kriechen. Ich muss mich mit eigenen Augen überzeugen, wie es Herrn Meier geht.«

»Ganz gut«, murrte Tore. »Den Umständen entsprechend, sagen sie doch immer in den Nachrichten, oder?« Dann wandte er sich wieder dem Ganter zu. »Wenn irgendwo Eis auf den Schienen liegt, fliegst du drüber. Ja nicht ins Watt hinein, sagt Opa! Ich verlasse mich auf dich!«

»Sperr ihn in seine Kiste!«, schrie Fedder erbost. »Das Vieh ist ja sogar zu dumm, um abzuhauen. Als Braten hat es wenigstens noch einen Nutzen!«

Tore schluckte und stand auf. Eine solche Gemeinheit hätte er dem Opa nie zugetraut. Auch wenn der alte Mann starke Schmerzen hatte und ganz bleich war, durfte er sich nicht an einem armen Tier auslassen.

Als er sich umdrehte, war Alfons verschwunden, als hätte es ihn nie gegeben.

Kapitel 7

Die Kiste ist kaputt«, gab Tore mit fast der gleichen Lautstärke zurück.

»Und jetzt ist dein Liebling aufs Eis geflüchtet, was?«, giftete Opa Fedder. »Das Beste, was er machen konnte. Er wird verhungern und erfrieren. Aus.«

Tore begann zu schluchzen. »Wärst du nicht so gemein zu ihm gewesen, wäre er nach Langeness geflogen und hätte uns gerettet.«

Auf dem Vorwurf kaute Opa nun doch herum.

»Und du wirst überhaupt nirgends mit dem Fuß hinkriechen!«, setzte Tore aufgebracht fort. »Erst werde ich ihn dir schienen! Mit den Latten von Alfons' Käfig und mit Klebeband aus dem Werkzeugkasten! Du bist wichtiger als der Meier.«

Er wunderte sich selbst, dass Opa Fedder gar keine Widerworte mehr fand. Jedenfalls schaute er ihn nur stumm an, aber ohnmächtig war er nicht geworden. Schließlich nickte er sogar.

»Hallooo«, rief eine klägliche Stimme. »Ist da wer?«

Tore rannte rutschend auf die andere Seite zu Meier hinüber. »Wie geht es Ihnen? Sind Sie wieder okay?«

»Okay würde ich nicht sagen«, klagte Meier. »Aber ich lebe.«

»Wir auch«, berichtete Tore erleichtert. »Können Sie aufstehen? Sie müssen mir helfen, Opas Fuß zu schienen. Der ist gebrochen.«

»Mir ist schlecht«, jammerte Meier. »Ich kann nicht mal den Kopf drehen. Ist meine Reisetasche heil geblieben? Schau mal nach! Meine Kameras sind die teuersten, die auf dem Markt zu haben sind.«

»Weiß ich doch nicht, was mit Ihrer Reisetasche ist! Und ich habe Wichtigeres zu tun, als mich darum zu kümmern!« Am liebsten hätte Tore dem Mann in die Rippen getreten, aber das tat man nicht bei einem Verletzten, deswegen begnügte er sich damit, ihn anzufunkeln. Leider war es ganz nutzlos. Meier schloss die Augen, stöhnte und tat so, als wäre ihm wirklich schlecht. Tore glaubte ihm nicht. Der Kerl wollte sich nur drücken. »Übrigens! Sie! Haben Sie ein Handy?«

»Ja.«

»Ein Glück! Wo? Ich brauche es auf der Stelle, um Hilfe zu rufen.«

»Zu Hause«, keuchte Meier. »Hab's vergessen.«

Die Wut brodelte so richtig in Tore. Er schnappte sich den Schlafsack auf Meiers Plane, zog ihn mit einem Ruck herunter und zu Opa Fedder hinüber. Der hatte ihn am nötigsten. Dann legte er sich die Latten zurecht und machte sich ans Werk.

Erste Hilfe war schwerer, als Tore gedacht hatte. Vor allem, wenn er Opa nicht wehtun wollte. Aber dann stöhnte Fedder nicht einmal, was ihm merkwürdig vorkam.

Als er nachsah, war Opa ohnmächtig. Und das war seine Schuld. Der blöde Meier! Von einem Erwachsenen durfte man einfach verlangen, dass er einem half! Wäre nur Oma hier gewesen, die Krankenschwester war!

Tores Hände waren eiskalt, fast steif gefroren. Das Klebeband wollte auf den nassen Latten auch nicht halten. Vor Verzweiflung rannen Tore Tränen über die Wangen.

»Wo bleiben sie denn nur?«, fragte Opa mit leiser Stimme. »Sie müssten doch längst gemerkt haben, dass wir überfällig sind! Ich verstehe das nicht!«

Tore fiel ein Stein vom Herzen, weil der Großvater entgegen aller Erwartung doch wach war und vernünftig sprach. »Alfons kann die Hallig noch gar nicht erreicht haben«, erklärte er, sachkundig wie er war, und wischte sich verstohlen die Tränen ab. Endlich begann auch das Klebeband auf sich selbst zu haften, und der Fuß bekam einigermaßen Halt.

Opa Fedder seufzte. »Schlag es dir aus dem Kopf, dass dein Alfons uns helfen wird, Tore. Wie soll er sich denn mitteilen? Wenn überhaupt jemand ihn bemerkt, dann ist er nichts als eine Gans, die vor dem Schlachten aus einem Verschlag entkommen ist. Vielleicht fängt einer ihn ein und telefoniert morgen herum, um den Besitzer zu finden, bestimmt sogar bis nach Oland. Mehr wird nicht passieren. Aber viel wahrscheinlicher ist, dass Alfons sich auf dem Watt verirrt und niemals auf Langeness ankommt.«

»Nein, bestimmt nicht! Alle Tiere können sich orientieren. Auch ohne GPS und Schienen!«

»Hm.«

»Horch doch mal!«, sagte Tore aufgeregt und zog sich die Mütze von den Ohren.

»Was ist?«

»Ein Motor! Ein Hubschrauber! Sie suchen uns mit dem Hubschrauber! Sie wissen Bescheid.«

»Unsinn«, hackte Fedder mühsam heraus.

»Der Junge hat recht«, rief Meier von drüben und konnte sich auf einmal so weit aufrichten, dass Tore ihn sah. Seine Kapuze hatte er abgestreift. »Sie holen uns ab. Der Service hier auf der Hallig ist ja doch ganz gut. In der Großstadt kannst du das Pech haben, dass der Krankenwagen im Stau stecken bleibt. Schätze, hier ist ein Stau eher selten.« Er lachte albern.

Es klang blöd. Tore gab sich nicht die Mühe, ihm zu antworten. Er lauschte gespannt. Der Motorenlärm kam näher und näher. Wäre es nicht so dunkel gewesen, hätte er gewiss die rot-weiße Bemalung des Rettungshubschraubers erkennen können, so sah er nur seine blinkenden Lichter.

Der Hubschrauber flog über sie hinweg, immer den Schienen nach. Das muss er, wo soll er hier im Watt schon hin, er würde im Matsch versinken, dachte Tore voller Zuversicht. Er wird auf dem Lorenplatz landen, und dann kommen sie zu Fuß, um uns alle abzuholen. Oder mit einer kleinen Lore, die schnell aus der Nachbarschaft organisiert wird. Von Hunnenswarf, natürlich. Und hoffentlich hatten sie eine Trage dabei. Eine halbe Stunde noch, dann würden sie im Warmen sein …

Den Lärm hörte man noch lange, bevor er verklang. Das konnte keine Landung auf dem Lorenplatz gewesen sein. Irgendwie stimmte da etwas nicht! Wurden sie gar nicht gesucht? Tore schluckte einen Kloß der Enttäuschung hinunter.

»Das galt nicht uns«, keuchte Fedder. »Auf der Hallig ist etwas passiert. Oder sie fliegen nach Amrum weiter.«

Tore hatte große Mühe, seine Tränen zu unterdrücken. Wenigstens hielt der Knödelfresser jetzt den Mund. Er wäre sonst hinübergelaufen und hätte ihm wirklich in die Rippen getreten, so fest er konnte.

Nein, hätte er doch nicht. Dafür waren seine Beine viel zu steif.

Tore war jetzt so kalt, dass er kaum noch ein Glied bewegen konnte. Mit letzter Kraft stemmte er sich in die Höhe, wankte hinüber zur Lore und verkroch sich in ihrem Windschatten. Die Klappe des Kastens, aus dem er die Plane und das Werkzeug herausgeholt hatte, stand noch auf. Es roch nach Öl oder Benzin und anderen Treibstoffen. In ihrem Schutz ließ er endlich seinen Tränen freien Lauf.

Wie nur sollte er sie alle retten, wenn Alfons es nicht

konnte? Er spürte selber, dass er den Weg zur nächsten Warf nicht mehr schaffen würde. Als er noch nicht durchfroren war, hätte er losgehen sollen. Jetzt war es zu spät. Jetzt war alles zu spät ...

Kapitel 8

Endlich hörte man in weiter Ferne den Hubschrauber. Anke, die inzwischen neben ihrer Tochter saß, atmete auf. An ihrem Zustand hatte sich nichts geändert. Sie kämpfte mit den Schmerzen und den Wehen, aber es ging nicht vorwärts.

Käte hatte der werdenden Mutter nach Rücksprache mit dem Arzt des Niebüller Krankenhauses ein Beruhigungsmittel gespritzt, und außer Trost zu spenden konnte auch sie nichts tun.

Richtige Angst hatte Anke um ihre Tochter nicht. In einer halben Stunde würde Anna schon im Kreißsaal liegen und sachkundig versorgt werden. Viel mehr war zu überlegen, ob man in Nommens Alter schon einen Herzinfarkt bekommen konnte. Sollte man ihn in Narkose legen, damit es nicht passierte? Er lief vor Aufregung herum wie ein kopfloses Huhn. Aber ob Schwester Käte Mittel für durchdrehende Väter hatte? In seiner Gegenwart mochte sie sich nicht erkundigen. Es war sowieso etwas albern.

Flüchtig fiel Anke wieder der Gänserich ein. Wahrscheinlich würde Fedder so schlau sein und irgendjemanden auf der Ketelswarf benachrichtigen, dass er abgeholt werden könnte, wenn er sie am Telefon nicht erreichte. Alfons war nun wirklich kein Problem.

»Nommen!«, sagte sie nachdrücklich und wartete, bis er seine Aufmerksamkeit endlich auf sie richtete. »Du willst bestimmt in die Klinik mitfliegen, so wie die Dinge stehen. Gibt es etwas, das ich für euch erledigen soll? Außer Blumen gießen und dem Üblichen? Den Weihnachtsbaum abholen, falls die Fähre doch noch anlegen kann?«

»Keine Ahnung«, sagte ihr Schwiegersohn, warf sich auf einen Stuhl und vergrub das Gesicht in den Händen.

Anke gab auf. Mit werdenden Vätern war wenig anzufangen. Gut, dass Nommen beim Marschenbauamt angestellt war, dessen Arbeit im Augenblick ruhte. Und da er kein Vieh hatte, würde er nicht versuchen, Bullkälber zu melken oder ähnlichen Unsinn veranstalten. Männer!

Nach einiger Zeit schüttelte Tore sich und versuchte, seinen Oberkörper mit den Händen warm zu schlagen. Ein wenig half es.

»Opa«, rief er dann. »Wie geht es dir? Bist du in Ordnung?«

»Na, ja, so einigermaßen«, antwortete Fedder. »Noch bin ich nicht erfroren.«

Tore rappelte sich hoch. Der Wind hatte zugenommen, er merkte es, als er sich aufgerichtet hatte. Dann stolperte er zu Fedder und betrachtete ihn forschend.

Sein Großvater lächelte schwach. »Lass gut sein, Tore. Ich habe es so bequem wie möglich. Mehr geht nicht. Aber du könntest etwas anderes tun. Ich habe zwei Ideen.«

»Ja?« Alles war besser als dieses nutzlose Warten.

»Ich habe doch eine Thermoskanne mit heißem Tee dabei. Sei so gut und teile ihn an uns alle aus, falls sie nicht kaputt ist.«

»Ja, mache ich. Und die zweite Idee.«

»Hm«, sagte Fedder. »Ich weiß nicht, ob ich es dir zumuten darf, es könnte gefährlich sein.«

»Dafür bin ich der richtige Mann«, hackte Tore bibbernd heraus. »Schieß los, Opa.«

»Mach ein Feuer auf den Schienen.«

»Mit dem Öl und all dem Kram in der Werkzeugkiste? Lappen lagen da, habe ich gesehen. Und von Alfons' Verschlag ist noch Holz übrig«, berichtete Tore eifrig. Das war ein Vorschlag nach seinem Herzen! Im Sommer machten sie an einsamen Stränden immer ein Lagerfeuer.

»Genau so. Vielleicht hat sich Herr Meier inzwischen genug erholt, um dir zu helfen ...«

»Meier wird nie genug erholt sein, um irgendwo anzupacken«, bemerkte Tore abschätzig. »Er ist nicht der Typ dafür.«

»Tore! Aber jetzt erst einmal den Tee.«

»Gut, Opa.« Tore fror so sehr, dass er die paar Schritte zur Lore nur mühsam schaffte. Die Teekanne fand er dafür sofort. Als er den Becher gefüllt hatte, rutschte ihm die Kanne aus der Hand und der Becher wegen des Schreckens gleich hinterher. Fassungslos sah er zu, wie der Tee auslief und der grisselige Schnee schmolz.

»Der Tee ist fort, Opa«, schluchzte er.

»Kein Wunder. Die Hände können bei der Kälte ja kaum etwas festhalten. Meine auch nicht«, tröstete Fedder ihn, aber es war ein magerer Trost. »Dann frag jetzt Herrn Meier, ob er dir bei dem Feuer helfen kann.«

»Mal sehen, ob er Lust hat. Herr Meier, wie geht es Ihnen?«, rief Tore laut.

Eine Antwort kam nicht. Tore hörte nur, wie der Wind jetzt noch lauter um die Ecken der Lore pfiff.

»Er wird doch nicht wieder bewusstlos sein?«, fragte Fedder besorgt. »Bitte geh rüber und sieh nach ihm.«

Tore murrte. Jeder Schritt für diesen Kerl war zu viel. Widerwillig stapfte er auf die andere Seite.

Die Plane war da. Eine Ecke flatterte leise knatternd in die Höhe und legte sich wieder. Tore rollte sie zusammen und schleppte sie zusammen mit der nassen Wolldecke, in der Meier eingewickelt gewesen war, zu seinem Opa.

»Und? Geht es ihm einigermaßen?«

»Gut geht es ihm«, antwortete Tore lakonisch. »Er ist fort. Abgehauen.«

»Abgehauen?«

»Abgehauen.« Tore breitete die Plane aus und stopfte eine Kante in ganzer Länge unter seinen Großvater. Es gelang ihm schließlich, ihn draufzuwälzen und in den Rest einzuhüllen. Mehr denn je sah er ein, wie zweckmäßig die warme Kleidung und der Schlafsack gewesen waren. Cool war etwas anderes. Was als cool galt, taugte nicht gegen Lorenunfälle, Schiffsunglücke und so weiter. Er würde nie wieder dagegen protestieren.

»Er wird Angst bekommen haben«, mutmaßte Fedder mild. »Panik. Das Watt kann Leuten Angst machen, die es nicht kennen. Vor allem bei Nacht.«

»Du meinst nicht Angst, sondern Schiss. Um sich selbst. Er ist ein Feigling. Mit oder ohne Watt würde er andere in Stich lassen«, entschied Tore kompromisslos. »Paps würde das nie machen. Du auch nicht.«

»Na, ja«, murmelte Fedder und versuchte nicht mehr, seinen Enkel zu belehren.

Tore merkte es. Obwohl er durchfroren war, fühlte er sich nicht so mutlos wie noch vor kurzem. Er trug die Verantwortung für den Opa. »Ich mache jetzt Feuer.«

»Sei aber vorsichtig. Und du musst aufpassen, wenn du das Streichholz in den öligen Haufen wirfst, damit ...«

»Ich weiß, Opa«, unterbrach Tore ihn. »Ich stelle mich in Luv, so dass die Flammen mir nichts anhaben können.«

»Ich dachte immer, alle, die auf dem Festland wohnen, hätten nicht sehr viel Verstand«, stöhnte Fedder, aber Tore hörte dennoch ein Lächeln in seiner Stimme.

»Und das hat sich jetzt geändert?«, fragte er, während er begann, die herumliegenden Holzlatten zusammenzuklauben.

»Wesentlich. Aber du bist ja auch mein Enkel. Und auf See erfahren. Besser kann man für das Leben gar nicht gerüstet sein.«

Fast ein wenig stolz, trug Tore das Holz auf die Schienen, suchte sich eine vertiefte Kuhle zwischen den Schwellen und schichtete abwechselnd Latten und ölgetränkte Lappen aufeinander. Die windabgewandte Schwelle schützte er mit Schotter, damit er sie nicht aus Versehen abfackelte. Wahrscheinlich war die Gefahr ohnehin nicht groß, denn natürlich war sie durch und durch nass.

Ein paar Minuten später brannte das Feuer. Es hatte nur einen Nachteil: Es war aus Mangel an Brennmaterial so niedrig, dass man es hauptsächlich als Lagerfeuer zum Würstchenbraten hätte benutzen können.

»Das hast du gut gemacht«, sagte Fedder schläfrig.

Tore sah zu ihm hinüber. »Ein Signalfeuer ist es nicht, Opa. Ich fürchte, sie werden es auf der Hallig nicht einmal bemerken, wenn der Nebel sich ganz auflöst. Aber ich kann ja nicht deine Lore zerlegen. Oder hast du irgendwo ein Beil?«

Fedder antwortete nicht. Er war jetzt tatsächlich eingeschlafen.

Das brachte Tore auf eine Idee. Dem Opa hatte er versprochen, nicht zur Hallig zu wandern. Vom Watt war nicht die Rede gewesen. Und Meiers Fußspuren führten ins Watt, keineswegs auf die Schienen. Einen Gast, der nur Nudeln kannte, noch nie im Watt gewesen und jetzt in Panik geraten war, musste man als ortskundiger Kenner natürlich zurückholen. Und wenn er noch so fies war.

Obendrein würde er selbst dank des Feuers leicht zurückfinden. Es war besser als jede Taschenlampe.

Tore stapfte neben Meiers Spuren einher, und ihnen zu folgen bedeutete offensichtlich, geradewegs auf die Insel Föhr Kurs zu nehmen. Seitdem der Nebel sich gehoben hatte, konnte man die Lichter von Wyk erkennen. Womöglich hatte Meier sie mit Warfen auf der Hallig verwechselt. Er würde ins auflaufende Wasser hineinmarschieren und dann um sein Leben schwimmen müssen. Aber das schaffte man nicht!

Tore versuchte, einen Schritt zuzulegen, was nicht einfach war. Der Schlick klebte ihm an den Stiefeln und ließ ihn stolpern. Er fiel an genau der Stelle, an der auch Meier gelegen haben musste und einen körpergroßen Abdruck hinterlassen hatte.

Er drehte sich um. Das Feuer war zu sehen. »Herr Meier!«, brüllte er und lupfte eine Ohrenklappe, um auch die leiseste Antwort noch mitzubekommen. Aber er hörte nur den Wind und die Geräusche von Enten, die aufgeschreckt abhoben.

Meiers Spuren waren zwar da, aber die Wasserpfützen nahmen zu und die Schilfinseln ab. Nicht mehr lange, und er würde aufgeben müssen.

Das wäre der Tod von Meier. Und er selber trug die Verantwortung, stellvertretend für seinen Opa, der handlungsunfähig war. Tore beeilte sich weiter, stapfte vorwärts, kaum mehr behindert durch den Wind, der mittlerweile seitwärts kam. Von West oder Südwest. Aus der Richtung, die zuerst Starkwind, dann Sturm bedeutete. Die Unterhaltung zwischen Opa und dem Oländer hatte er nicht vergessen.

Vor sich sah er etwas Dunkles, das in die Höhe ragte. Einen Pfahl. Ein Pfahl, so weit draußen? Jedenfalls bewegte er sich nicht. Oder war es ein Seezeichen? Gab es hier etwa eine ausgeprickte Rinne? Dann musste er auf der Stelle umkehren. Dann begann hier die Gefahr.

Tore drehte sich noch mal um. Das Feuer war jetzt verschwunden. Erloschen, oder er hatte sich zu weit davon entfernt. Das hatte er nicht beabsichtigt. Immerhin gab es seine eigenen Spuren, denen er auf dem Rückweg folgen konnte. Sofern nicht das Wasser hinter ihm aufgelaufen war und ihn bereits vom Damm abschnitt. Im Haus seiner Großeltern hatte er schon schreckliche Geschichten gehört über Menschen, die sich im Watt verirrt oder seine Gefahren nicht ernst genug genommen hatten.

Ja, es war höchste Zeit zurückzukehren. Plötzlich fröstelte ihn wieder. Hätte er doch bei seinem Opa bleiben sollen? Wenn er jetzt nicht mehr zurückkam – was tat er Opa Fedder damit an?

»Tore?«, hörte er eine klägliche Stimme. »Tore, bist du es?«

»Herr Meier«, schrie er erleichtert und fing an zu rennen. Der Matsch spritzte ihm bis an die Knie. Kurz danach hatte er Opas nutzlosen Passagier erreicht.

»Ich wusste nicht mehr, wo es weiterging«, stammelte der Fotograf, der mitten in einer wassergefüllten Senke stand, obwohl sich direkt neben ihm noch im Trockenen liegender Sand befand.

»Kommen Sie! Wir müssen uns beeilen«, herrschte Tore

ihn barsch an. »Das Watt ist keine Spielwiese, sagt Opa. Ein Städter hat hier nichts verloren ohne Führer, bei Nacht schon gar nicht.«

Meier nickte zu jedem seiner Worte. »Jetzt habe ich ja einen Führer. Danke, Tore.«

Tore blieb fast die Spucke weg vor Wut. Erst musste er den Kerl suchen, und dann nahm der ihm noch durch seine unbedarfte Dankbarkeit den Wind aus den Segeln. Der wusste gar nicht, was er angerichtet hatte.

Mit fest zusammengekniffenen Lippen drehte Tore sich um und trat den Rückweg zum Lorendamm an. Nach kurzer Zeit leuchtete ihm das Feuer, das immer noch brannte, freundlich entgegen.

Mitten in den Schein ragte etwas Schwarzes. Ein Stein, der vorher noch nicht dagewesen war. Oder hatte er ihn in der Aufregung übersehen? Tore blickte sich kurz genug um, um sich zu vergewissern, dass Meier ihm folgte, zwar nicht gerade auf den Fersen, aber er kam mit. Tore hatte nicht das geringste Bedürfnis, sich um den Kerl besorgt zu zeigen. Gerade das wollte er doch!

Der Stein hatte seitliche Auswüchse. Sonderbar. Oder waren es Flügel? Tore stapfte schneller.

»So warte doch auf mich. Ich kann nicht so schnell!«, schrie Meier hinter ihm. Seine Stimme war auffallend gut zu Kräften gekommen.

Tore achtete nicht auf ihn. Er hatte ja nicht vor, wegzulaufen. Außer Atem sank er neben dem vermeintlichen Stein zu Boden. Es war eine kleine Ringelgans mit ausgebreiteten Flügeln. Tief unter dem Halsgefieder war sie noch warm, aber sie war tot. Die Augen starrten Tore an, und ihm war ganz unbehaglich zu Mute. Als ob sie ihm etwas mitteilen wollte.

»Lass doch das blöde Vieh liegen«, schimpfte Meier, der inzwischen herangekommen war. »Willst du es begraben? Wir haben ja wirklich Gescheiteres zu tun.«

»Der Puk«, stammelte Tore, dem endlich klar wurde, was die Gans ihm sagen wollte. »Sie hat einen Puken befördert, und irgendwo muss er sein. Der wird ertrinken, wenn ich ihn nicht finde.«

»Blödsinn«, schnaubte Meier und brach in ein hohles Gelächter aus. Tore sah zu ihm hoch. Etwas verfroren wirkte er, aber sonst war er so gut wie erholt. Jedenfalls im Vergleich zu Opa Fedder. »Wenn Sie mir suchen helfen, geht es schneller.«

»Du spinnst wohl!«

»Glauben Sie, Sie wären etwas Besseres als ein Puk?«, fragte Tore verächtlich und fing an, im Matsch um den toten Vogel herum umherzutasten. Wenn er auch unsichtbar war, fühlen musste er ihn doch wohl können. Ein Puk war wie ein Mensch, nur viel kleiner. »Erst wenn ich den Puken gefunden habe, gehen wir weiter.«

»Ich denke gar nicht daran, hier zu ertrinken! Zeig mir die Richtung zur Hallig, und ich mache mich allein auf den Weg«, befahl Meier.

»Sie wollen Opa und einen Puken im Stich lassen? Das habe ich mir genau so gedacht. Sie Feigling, Sie!«, hieb Tore heraus.

»Wenn man von Verrückten umgeben ist, rettet man sich besser allein. Ihr alle seid ja nicht ganz bei Trost, du, dein Opa und dein Onkel. Die ganze Familie! Puken und so weiter!«

Tore kroch auf Knien um die Gans. Nirgendwo ein Puk, nicht einmal seine Pudelmütze. Nur Muscheln und nasses, rottendes Schilf.

Dann fiel ihm etwas ein. Ganz bestimmt war die Gans ja mit anderen zusammen geflogen, sie pflegten immer in Gesellschaft zu sein. Und dann war es wahrscheinlich, dass der Puk bei einer anderen aufgesessen war. So musste es sein. »Onkel Calle ist nicht mein Onkel«, widersprach er automatisch.

»Wer's glaubt, wird selig. Also, wo geht es zur Hallig?«

Meier rückte bedrohlich näher, und Tore erkannte, dass der Kerl es ernst meinte. »Dort«, murmelte er und winkte in die Richtung rechts vom Lorendamm. Dort würde Meier auf jeden Fall auf Land stoßen.

»Ich sage auf der Hallig Bescheid, dass ihr hier irgendwo steckt.« Meier verabschiedete sich mit einem coolen Winken und machte sich davon.

»Nett von Ihnen – Saukerl«, flüsterte Tore aufgebracht und sah ihm nach. Dann fiel ihm etwas ein. »Ihre Fotoapparate, Herr Meier!«

»Ich weiß. Ihr könnt sie mir auf der Hallig zurückgeben.«

Jetzt reichte es Tore, in jeder Hinsicht. So wütend war er noch nie gewesen. Der Puk war nicht da und Meier bald auch nicht mehr. »Ihre Fotoapparate werden mir in den Matsch fallen!«, schrie er hinter Meier her. »Sie haben ja bestimmt mitbekommen, dass ich nicht einmal eine Teekanne halten kann!«

Einige Augenblicke später war Meier zurück.

Kapitel 9

Der Hubschrauber war sicher auf der Straße gelandet. Der Rotor wurde langsamer, bis er stillstand, während das Sanitätspersonal schon mit der Trage die Ack hochlief. Anke beobachtete ihre Ankunft am Fenster und erwartete die Männer dann an der Tür.

»Na, haben Sie sich ein wenig verrechnet?«, fragte der eine Sanitäter Anna launig, während er mit routinierten Handgriffen die Trage zum Umbetteten fertigmachte. »Sollte das Kind ein Weihnachtsgeschenk für Ihren Mann werden?«

»Eigentlich nicht«, keuchte Anna, tapfer auf die Frotzelei eingehend, obwohl wieder eine Wehe kam. »Es war als Geburtstagsgeschenk gedacht. Zum achten Januar.«

»Das ist ja wohl gründlich danebengegangen«, meinte der andere bedauernd. »Aber Sie sind ja jung und haben noch viele Versuche frei.«

»Wir werden uns alle Mühe geben«, meinte Nommen. »Können Sie sich nicht ein wenig beeilen?«

Dabei waren sie fast schon am Hubschrauber angekommen.

»Nur die Ruhe, werdender Papa«, sagte der Ältere der beiden Sanitäter. »Bisher haben wir es noch mit jedem Halligkind bis in den Kreißsaal geschafft. Möchten Sie mitfliegen?«

»Ja, selbstverständlich«, sagte Nommen aufbrausend. »Was denken denn Sie? Soll ich hinterherlaufen?«

»Schon gut. Aber nehmen Sie sich ruhig ein Beispiel an Ihrer Frau. Die ist die Ruhe selbst.«

»Sie haben gut reden«, murrte Nommen. »Sie bekommen das Kind ja nicht.«

»Nein. Aber Sie auch nicht. Ihre Frau macht das schon. Möchten Sie eine Beruhigungsspritze für unterwegs?«

»Nein, nein«, stammelte Nommen und verfärbte sich. Selbst er merkte jetzt, dass er ein wenig auf den Arm genommen worden war.

Anke unterdrückte ihr Schmunzeln. Während die Sanitäter Anna in den Hubschrauber hineinschoben, tätschelte Anke sanft Nommens Arm. »Es wird alles gut gehen. Anna ist stark. Das weißt du doch.«

Nommen nickte mit verkrampften Kiefern, nicht im Geringsten beruhigt. Anke drückte ihm seine warme Jacke in den Arm, die er natürlich vergessen hatte, und winkte ihrer Tochter zu, deren Trage bereits im Inneren des Hubschraubers festgemacht war.

Nommen stieg zu ihr, dann wurde die Tür zugeschlagen, der Hubschrauber hob ab.

Anke folgte ihm mit den Augen, während er in die Luft stieg und die Richtung nach Niebüll einschlug, in etwa dem Lorendamm folgend. Seine Lichter blinkten unaufhörlich, und einmal meinte Anke, auch unterhalb des Hubschraubers ein Licht gesehen zu haben. Wahrscheinlich eine Spiegelung im auflaufenden Wasser.

Sie kehrte in das Haus der Kinder zurück, um eine Flasche Korn und einen Stapel Schnapsgläschen aus Plastik zu holen. Die Feuerwehrleute hatten etwas Wärmendes verdient. Die Zuschauer auch. Unter ihnen warteten immer noch die Männer des Marschenbauamtes, die auf dem Nachhauseweg zum Festland aufgehalten worden waren. Sie wurden bestimmt allmählich ungeduldig.

Ein Rundumblick. Der Herd war aus; Lichter ausschalten und Türen zuschließen konnte sie später, wenn sie das Haus endgültig verließ. Dann telefonierte sie in der Diele kurz mit Krischan und bat darum, abgeholt zu werden.

Als Anke wieder unten auf der Straße stand, hatten die Feuerwehrleute schon das Rundumlicht ausgeschaltet und die Plastikbänder eingerollt. Die Männer und Frauen standen wartend und schwatzend in einer Gruppe zusammen. Anke trat in ihre Mitte, das Tablett, auf dem die Schnapsgläschen und der Korn standen, in den Händen.

Der Schnaps war willkommen. Er vertrieb nach allgemeiner Meinung die Kälte aus den Knochen. Die Stimmung war gut und wurde mit jedem Glas besser. Die Weißt-du-noch-Geschichten machten immer lauter die Runde.

Anke kannte die meisten, aber es war schön, sie aufs Neue zu hören. Die Halligleute waren, ungeachtet der Zuzügler, die es selbstverständlich auch gab, eine verschworene Gemeinschaft.

Sie selbst trank keinen Korn. Das verlangte auch niemand. In die Ferne blickend, überlegte sie, dass die Menschen auf der Hallig sehr tolerant waren. Und zusammenhielten. In allen Dingen. Erste Katholiken, wohl erst vor zehn Jahren zugewandert, gingen in den evangelischen Gottesdienst und machten bei allen kirchlichen Veranstaltungen und der Theatergruppe mit. Autos, die durch geistige Abwesenheit ihres Fahrers die Straße verließen und stattdessen ganz zufällig auf einen Damm von Fußgängerbreite gerieten, um die Weiterfahrt im Hafen zu erproben, zog man stillschweigend mit dem Traktor aus dem Wasser. Keine Meldung, keine Polizei. Hier regelte man die Dinge allein. Es war eine kleine Welt, die sich selbst genügte.

Das kleine Flackerlicht erschien erneut in Ankes Blickfeld. Der Hubschrauber war längst außer Sicht. Und was sie sah, war weder eine Spiegelung im Wasser noch Einbildung. Entweder jemand briet auf den Schienen Würstchen, oder es war ein Signal. Ein Hilferuf!

Anke war sich völlig sicher. Sie bahnte sich mit der leeren Flasche gerade den Weg zum Leiter der Feuerwehr, um ihn darauf aufmerksam zu machen, als sich von allen Seiten Warnrufe erhoben.

»Achtung! Deckung! Beschuss vom Festland aus«, schrien einige Komiker und tauchten in den Graben neben der Straße.

Alles Spinner, dachte Anke und blieb störrisch stehen. Halligen wurden nicht beschossen. Nicht einmal im Krieg. Terroristen gab es schon gar nicht.

Ein weißes Etwas landete mit rauschenden Schwingen knapp neben dem Feuerwehrwagen, gab ein Geschnatter von sich, das sich empört anhörte, sank auf den Bauch und blieb liegen.

Eine Gans. Eine frustrierte Gans. Anke betrachtete sie mit vorgerecktem Hals. Ungläubig. Eine Gans konnte doch nicht frustriert wie ein Mensch sein! Ein besonders schweres Tier. Zehn Kilo etwa? Das konnte hinkommen. »Alfons?«, rief sie in ihrem Schrecken aus.

Alfons blickte sich ein wenig scheu um. Alle, Feuerwehrleute wie Zuschauer, standen wie gebannt und starrten ihn an. Niemand machte Miene, ihn einzufangen.

Da erhob er sich schwerfällig und watschelte auf Anke zu. Ein flüchtiges Streicheln über den Kopf, für mehr war nicht Zeit, aber ihm genügte es. Ermattet sank er zu Ankes Füßen nieder.

»Es muss der Lore etwas passiert sein«, rief sie, an niemanden Besonderen gerichtet. »Alfons sollte mit Fedder kommen. Und auf den Schienen brennt ein Feuer! Ein Signal oder so etwas.«

Käte hatte ihr Handy schon herausgezogen und am Ohr. Alle beobachteten sie gespannt. »Nichts, er antwortet nicht«, meldete sie beklommen. »Da stimmt etwas nicht.«

»Vielleicht kann er es unterwegs wegen des Motorgeräusches nicht hören?«, schlug jemand vor.

Käte schüttelte den Kopf. »Aber fühlen. Es vibriert stark

beim Anruf. Rüttelt geradezu. Hat er extra so eingerichtet, weil der Bootsmotor noch lauter ist als der auf der Lore. Neue Batterien für die Taschenlampe vergisst er mitunter. Aber nie, sein Handy zu laden.«

»Dann geht die Arbeit gleich weiter, Leute!«, rief Oke, der Leiter der Feuerwehr, mit Donnerstimme. »Wir fahren mit dem Wagen zum Lorendamm. Käte kommt mit uns! Anke, du organisierst heißen Tee, desgleichen warme Kleidung. Wie viele sind eigentlich an Bord?«

»Fedder und Tore, unser Enkel – und ein Gast.«

»Gut. Kleidung für drei, vier Leute, warme Decken und so weiter. Wer kann dich fahren, Anke?«

»Krischan. Er ist schon unterwegs. Wir kommen mit Nommens Lore nach. Die steht bereits auf den Schienen.«

»Also los!«, rief Oke und sah sich um. Zufrieden registrierte er, dass alle seine Leute mit einem Schlag wieder nüchtern geworden waren.

Kapitel 10

Der Hubschrauber flog über sie hinweg Richtung Festland. Tore, der auf den Schienen kauerte, sah ihm nach. Er zitterte vor Anstrengung und Kälte, trotz des Feuerchens neben ihm, das fast niedergebrannt war.

Als das Motorengeräusch verklungen war, spitzte er die Ohren. Irgendwo in der Nähe klatschten Wellen an den Steindamm. Das Wasser kam.

Er erhob sich mühsam. »Herr Meier, wir müssen Opa auf die Steine hochholen! Er kann da unten nicht liegen bleiben.«

Meier hockte auf der Lore und zog bibbernd die nasse Wolldecke um sich, die er unter Alfons Käfigresten gefunden hatte. »Wenn du meinst«, murmelte er.

Als Tore sich über Opa Fedder beugte, hatte dieser die Augen geschlossen. Er erschrak. »Glauben Sie wirklich, dass Opa nur schläft?«

»Ich denke schon«, murrte Meier. »Komm, pack an.«

Sie schoben und hoben, und endlich lag Fedder etwas erhöht, so trocken wie nur möglich.

»Warum das Ganze?«, schnaufte Meier.

»Das Wasser ist da«, antwortete Tore beklommen.

»Und was jetzt?«, fragte Meier patzig, nachdem er sich umgesehen und erkannt hatte, was Tore meinte.

Die Wellen schlugen inzwischen nicht nur vernehmlich an die Steine, gelegentlich glitzerten auch Schaumkronen und hochspritzendes Wasser durch die Dunkelheit.

»Wir warten«, sagte Tore entschlossen. »So kurz vor Hochwasser kann auf der Hallig niemand mehr meinen, dass bei uns alles in Ordnung ist. Zu der Zeit darf man nicht fahren.«

»Aber ...«

»Wir haben keine andere Wahl! Und nein, Experimente machen wir nicht mehr. Sie bleiben hier, Herr Meier, und versuchen nicht, sich auf die Hallig zu retten. Bald wird das Wasser auf den Schienen stehen, und Sie können nicht einmal sehen, wo Sie gehen! Außerdem fehlt Ihnen die Erfahrung.«

»Aber du hast Erfahrung, ja? Wie alt bist du eigentlich? Sieben?«

»Zwölf Jahre. Und immerhin habe ich Sie von Ihrer idiotischen Wanderung nach Föhr zurückgeholt.«

Meiers wütendes Knurren tat Tore richtig gut. Dem hatte

er erfolgreich den Mund gestopft. Dabei war ihm selber weniger forsch zu Mute, als er tat.

»So ein hirnverbrannter Ausflug!«

Tore wusste nicht, ob Meier den zur Hallig oder ins Watt meinte, und es war ihm auch völlig egal. Am liebsten hätte er sich der Länge nach ausgestreckt und wäre eingeschlafen. Er war völlig fertig.

Noch hatte das Wasser weder den Opa noch Tores Hinterteil erreicht, als er unter sich eine Bewegung spürte. Obwohl er steif von Kälte und fast gefühllos war. Er legte seine Hand auf die Schiene.

Es stimmte! Die Schiene vibrierte, und dann hörte er schon das Summen einer Maschine. Tore stemmte sich hoch. »Sie kommen!«, rief er triumphierend. »Endlich!«

»Wo, wo?« Meier rutschte von der Lore herunter und spähte wild in der Gegend herum. »Ich sehe nichts!«

Ein starker Scheinwerfer stach durch die Nacht. Tore grinste mühsam. »Wenn Sie sich nach Langeness umdrehen würden ...«

Donnerwetter, dachte Tore überwältigt, als die große Lore abgebremst hatte und vor ihnen stehenblieb. Eine Lore wie ein Eisenbahnwaggon mit fünf großen Fenstern an den Seiten und drei nach vorne, wo der Fahrer saß. Edlef, den er kannte. Die Lore aber hatte er noch nie gesehen. Es war die Lore, die alle die Sambalore nannten.

Einer nach dem anderen sprangen die Männer auf die Steine herunter, alle in Uniform, es schien die gesamte Feuerwehr von Langeness zu sein, die sie abholen wollte. Und nicht alle hatten Gummistiefel an, aber das schien ihnen egal zu sein, als sie durch das Wasser zur Unglücksstelle patschten.

Und dann sah Tore auch die gelbe Dienstjacke, die auf der Rückseite mit »Halligschwester« gekennzeichnet war, und heute steckte zum Glück seine Großmutter darin.

Er lief sofort zu ihr. »Oma, Großvater hat einen Beinbruch. Er ist am schlimmsten verletzt. Jetzt schläft er, aber ganz genau weiß ich es nicht.«

Oke hatte mitgehört. Während Käte zu ihrem Mann eilte, ließ er die starken Strahler der Lore auf Fedder richten, die auch Meiers dürre Gestalt in Licht tauchten. Der stand teilnahmslos auf den Schienen, bis einer der Feuerwehrmänner sich seiner annahm und ihn vorsichtig zum Waggon führte.

»Geh du auch hinein, Tore«, sagte ein anderer. »Da drin ist es pottwarm.«

»Nein! Ich will erst wissen, was mit Opa ist!«

Oma Käte sah zu ihm hoch, als er sich neben sie bückte. »Fedder ist jetzt wach. Er hat starke Schmerzen, aber seine Kleidung hat ihn einigermaßen trocken gehalten. Und die Plane und dein Schlafsack waren eine prima Idee.«

»Wirklich?«

Käte nickte, und Opa Fedder lächelte Tore etwas mühsam an.

»Ja, dann ...« Plötzlich zitterte Tore wieder vor Kälte. Trotzdem war jetzt alles gut.

»Komm, ich bringe dich in den guten Salon. Anke ist mit trockener Kleidung und heißem Tee unterwegs. Da brummt ihre Lore schon heran«, hörte Tore noch eine mitleidige Stimme sagen, dann sackte er zusammen.

Als Tore wieder zu sich kam, lag er der Länge nach auf einer Bank in der Lore des Marschenbauamtes, und es war herrlich warm. Anke, die inzwischen eingetroffen war, war gerade dabei, ihm die Hose herunterzustreifen, die ihm an der eisigen Haut klebte.

Das war denn doch zu viel! Tore fuhr in die Höhe, schob Anke von sich und begann sich mit klammen Fingern selbst auszuziehen. Er war erleichtert, als Anke nickte und sich zum Eingang zurückzog, um dabei zu helfen, Fedder auf der Trage hereinzuhieven.

Meier hockte in der hintersten Ecke des Waggons auf der Bank und zog und zerrte selbst an seinem nassen Zeug. Einer der Feuerwehrmänner suchte aus einem großen Haufen Kleidung Passendes für ihn heraus und reichte es ihm. Wie zu erwarten, hörte man von Meier jetzt schon Klagen und dazwischen Flüche, wenn etwas klemmte. Und das, obwohl seine Tasche mit den teuren Fotoapparaten schon dicht neben ihm stand. Immer wieder vergewisserte Meier sich, dass sie auch wirklich da war.

Was der sich wohl so vorstellte! Hier klaute doch niemand. Tore hätte ihn schallend ausgelacht, wenn seine Gesichtsmuskeln nicht noch so steif gewesen wären. Er ließ seine nackten Beine vor dem heißen Luftstrom des Ofens baumeln, bis sie sich wieder wie seine Beine anfühlten, dann zog er sich die Kleider an, die Anke ihm bereitgelegt hatte. Cool, die wattierte Jacke war eine Edelklamotte. Musste Ankes Enkel Kai gehören. Aber der war trotzdem in Ordnung.

Während Anke etwas später mit einer Teekanne auf ihn zukam, fiel Tore siedendheiß etwas ein. Alfons! Die Hallig musste er erreicht haben. Sonst hätten sie ja die Rettungsaktion nicht gestartet. Aber wo war er abgeblieben?

Der Waggon setzte sich langsam in Bewegung.

»Wo ist Alfons?«, fragte Tore aufgeregt. »Ich hatte ihn losgeschickt, um Hilfe zu holen, weil ich weiß, wie verständig er ist. Er führt eine große Gänseherde.«

»Du kennst ihn?«, fragte Anke betreten.

»Schon Ewigkeiten! Jedenfalls mindestens seit einem Vierteljahr. Ist er tot? Oder vermisst?«, rief Tore ängstlich.

Anke schüttelte den Kopf. »Nein, im Gegenteil. Er sitzt bei Wasser und Körnern im Flur meiner Tochter. Ich wusste mir in der Eile nicht anders zu helfen, weil alle noch unten standen und schwatzten, und ich konnte ihn ja nicht einfach in irgendeinen Stall sperren. Ich fürchte nur, er wird eine schöne Schweinerei veranstalten.«

»Schweinerei«, wiederholte Tore mit wütender Verachtung. »Durch einen Ganter! Einen klugen Ganter, der uns alle gerettet hat! Du beleidigst ihn! Der würde nicht einmal eine Ganterei machen.«

»Nein, nein«, versuchte Anke ihn erschrocken zu beschwichtigen. »So hatte ich es ja auch nicht gemeint ...«

»Wie denn?« Tore stand auf einmal vor ihr, um lautstark Rechenschaft zu fordern.

Der Motor schnurrte gedämpft, die Gummiräder liefen ruhig, und plötzlich schwiegen alle Gespräche. Die meisten drehten sich zu Tore um, um zuzuhören.

»Tore! Anke hat ihm doch nicht den Hals herumgedreht, sondern ihn gefüttert«, sagte Oma Käte staunend. »So angriffslustig kenne ich dich ja gar nicht.«

»Aber so bin ich. Ab jetzt.«

»Er hat es gut, Tore«, sagte Anke beschwichtigend. »Eine Gans hinterlässt eben nasse Würstchen und tritt hinein, und das gibt überall Spuren. Ich werde sie aufwischen, bevor Anna zurück ist. Der Flur ist gefliest. Bei Licht betrachtet, kein Problem.«

»Ja, gut. Aber dann solltest du nicht von Schweinerei reden«, beharrte Tore. »Alfons ist ein Ganter, der Respekt verdient.«

Voller Genugtuung registrierte Tore, dass alle ihm zuhörten und nicht wenige nickten. Das allgemeine Gespräch kam erst wieder in Gang, als sie den Lorendamm, einen einsamen Traktor und den Feuerwehrwagen vor sich sahen.

Kapitel 11

Tore wachte am nächsten Morgen erst spät auf, es war schon kurz vor zehn Uhr. Ihm fiel alles Mögliche ein, was er am vergangenen Abend versäumt hatte, zum Beispiel die Ankunft des Hubschraubers, der den Opa abholen sollte, und die ganze Aufregung mit der Absperrung durch die Feuerwehr. Und wo war Alfons jetzt? Bestimmt nicht mehr in Annas Flur. Und Meier? Der hatte ganz sicher noch in der Nacht beim Wirt auf Hilligenlei Knödel bestellt. Aber nicht bekommen und dann Ärger gemacht. Tore kicherte vor sich hin.

»Oh, du bist schon wach?«, fragte Oma Käte und blickte zum Türspalt herein.

»Mm«, murmelte Tore und reckte sich behaglich. In diesem Jahr würde er am ersten Schultag nach den Ferien wahrscheinlich das gefährlichste Weihnachtsabenteuer zum Besten geben können. Aufregender als jede Reise auf die Malediven oder nach Südafrika, wohin einige Klassenkameraden geflogen waren.

»Möchtest du frühstücken oder zum Fähranleger mitfahren, um unseren Baum abzuholen? Es wurde gerade durchgegeben, dass die Reederei für den Ölwagen eine Extrafahrt macht, und natürlich auch, um allerhand Versäumtes aufzuholen. Es ist so viel an Ware und Paketen liegengeblieben, als sie nicht anlegen konnten.«

»Da fahre ich mit«, rief Tore und warf die Bettdecke von sich. »Frühstücken kann ich auch zu Hause. Fähren kommen bei uns seltener vorbei. Das Eis ist also fortgetrieben?«

»Ob ganz fort, weiß ich nicht. Aber anlegen werden sie.«

»Wie geht es Opa?«, erkundigte sich Tore, als sie kurze Zeit später im Auto saßen und auf der Straße fuhren, die durch die ganze Länge der Hallig bis zum Fähranleger führte.

»Gut. Er ist operiert worden und schon wieder wach. Sogar warm ist ihm endlich, hat er mir erzählt.«

Tore grinste. »Mir auch. Weißt du etwas vom Meier? Ist der ins Krankenhaus mitgeflogen?«

»Nein, er wollte nicht. Der Arzt, der mit dem Hubschrauber mitkam, hat ihn sich angesehen und ihm empfohlen, eine Nacht zur Beobachtung im Krankenhaus zu bleiben. Dagegen sträubte sich Meier mit Händen und Füßen und behauptete, mit drei Hochprozentigen wäre er wieder in Ordnung. Darauf klebte ihm der Arzt ein Pflaster auf den Kopf und schlug statt Grog Bett und Wärmflasche vor.«

Tore grinste. »So ähnlich dachte ich es mir. Und in der Gaststube hat er bestimmt erst recht drei Grog getrunken und daneben noch einen Grund gesucht, Terror zu machen. Er ist so einer. Unausstehlich.«

»Na, na.«

»Doch, wirklich«, beteuerte Tore. »Ein Ekel.«

Gerade hatten sie die Kirchwarf hinter sich, und Tore blickte auf die See zwischen Pellworm und Langeness. »Wir sind zu früh losgefahren«, stellte er fest. »Sieh mal, wo die Fähre erst ist. Bei der roten Tonne.«

»Tatsächlich! Fünfzig Minuten dauert das bestimmt noch«, antwortete Käte mit einem Anflug von Missmut. »Hätte ich mal aus dem Fenster gesehen, dann wäre mir das nicht passiert! Weißt du was? Wir fahren kurz bei Anke vorbei. Mal hören, wie es Anna geht. Und ob es ohne Kaiserschnitt abging.«

Oh, nein, dachte Tore. Nicht zu Anke! Auf keinen Fall würde er in ihr Haus gehen. Wahrscheinlich brutzelte Alfons schon in der Backröhre, und die ganze Zeit, während Anke sich am Küchentisch in bester Laune mit Oma unterhielt, würde er den Bratenduft in der Nase haben. Von einem Ganter, dem er gestern noch den Schnabel gekrault hatte! Kam gar nicht in Frage.

Oma Käte bog schon auf die Auffahrt ein und parkte in Sichtweite von Ankes Haus. Als sie ausgestiegen war, merkte sie, dass Tore gar nicht mitzukommen gedachte, öffnete wieder die Wagentür und beugte sich herein. »Was ist, Tore? Anke hat bestimmt das ein oder andere Weihnachtsgebäck fertig und lässt dich probieren.«

Tore verschränkte die Arme und schüttelte den Kopf. »Ich mag kein Weihnachtsgebäck. Ich warte hier.«

»Seit wann magst du kein Weihnachtsgebäck? Ich erinnere mich, dass du es sogar vom Blech zu stibitzen pflegst.« Oma Käte überlegte einen Moment und versuchte es dann auf andere Weise. »Es wird dir kalt werden.«

»Bin ich gewohnt«, antwortete er locker.

»Ja, so was«, sagte Käte schmunzelnd und betrat ohne einen weiteren Versuch der Überredung den Steig, der um den Wintergarten herum zur Haustür führte.

Tore lehnte den Kopf an die Nackenstütze und schloss die Augen. Jetzt hätte er wieder weiterschlafen können.

Oma Käte blieb lange, fand er nach einer Weile. Und Hunger bekam er allmählich auch. Ankes Pfeffernüsse waren einfach galaktisch, wie Kai sagen würde. Aber nein! Er würde doch nicht von seiner erklärten Feindin, einer Mörderin, Almosen entgegennehmen!

Die Fähre hatte mittlerweile schon von Hooge abgelegt. Noch eine knappe halbe Stunde bis Langeness, je nach Tide. Also noch Zeit. Er begann gerade wieder einzudösen, als das Geschnatter einer Gans ihn aufmerksam machte. Ein tiefer Ton.

Den kannte er doch!

Der Ton kam aus dem Anbau von Ankes Haus, dem ehemaligen Stall, in dem jetzt die Gäste zusammensitzen und an langen Tischen feiern konnten, wenn ihnen danach zu Mute war.

Tore war so schnell aus dem Auto, dass die Wagentür hinter ihm offenblieb. Die Stalltür auch. Gleich dahinter bremste er ab. Die Augen auf den behelfsmäßigen Verschlag aus Bohlenwänden gerichtet, den es früher nicht gegeben hatte, wäre er auf dem glatten Beton fast hingefallen.

Die Box war gemütlich mit einer dicken Strohlage ausgestreut, und darin gründelte gerade eine Gans bis über die Augen, die Schwanzfedern in die Höhe gestreckt.

»Alfons?«, rief Tore leise. Und tatsächlich tauchte der Ganter sofort auf und starrte ihn an, Halme auf dem Scheitel wie ein Babymützchen. Tore lockte ihn mit schnalzenden Fingern.

Alfons watschelte gemächlich heran und streckte wie gewohnt den Kopf, um sich am Kinn kraulen zu lassen.

Plötzlich standen Anke und Käte hinter Tore.

»Na, was sagst du?«, fragte Anke. »Besser als ein Flur, stimmt's? Man sieht seine Köttelchen im Stroh gar nicht.«

»Ja, aber wie lange?«, fragte Tore reserviert.

»Da hast du recht, ich kann ihn natürlich nicht hier drin haben, wenn Gäste da sind ...«

»Bis zum Sommer ist er doch längst gegessen«, warf Tore erbost hin.

»Nein, Tore!«, rief Anke entgeistert. »Wie kannst du so etwas von mir denken? Ich werde doch keinen Ganter ermorden, der so verständig Hilfe holte. Er ist ein wahrer Rettungsganter! Wer würde denn einen solchen Schatz braten? Deine Oma etwa?«

»Nein, das könnte ich auch nicht«, sagte Käte wie aus der Pistole geschossen. »Rettungsganter ist Rettungsganter! Und vom Rettungswesen verstehe ich schließlich etwas. Man müsste Alfons sogar ein rotes Kreuz auf das Gefieder heften, damit jedermann seinen beruflichen Stand erkennen kann.«

»Genau! Bernhardinerhunde werden auch nicht gegessen«, sagte Tore, unendlich erleichtert. »Wahrscheinlich nicht einmal in China.«

»Ich könnte mir denken, dass die Bernhardiner zu groß für jeden chinesischen Kochtopf sind«, vermutete Anke allein aus praktischen Gründen. »Vor allem mit dem Rumfässchen am Hals.«

»Ein Glück.« Tore war begeistert, dass er endlich jemanden gefunden hatte, mit dem er über solche Dinge reden konnte. »Anke, meinst du, man könnte einem Rettungsganter ein Handy auf den Rücken schnallen? Eine Gans ist total wattfest. Will sagen, sie wird nicht nass. Sie kann hochflattern, statt im Schlick zu landen wie wir.«

»Oh, das glaube ich ganz bestimmt«, sagte Anke überzeugt. »Dein Opa ist doch ein Ass mit technischen Geräten. Vielleicht könntet ihr zusammen einen Gänsehandygurt basteln.«

»Könnte hinkommen«, sagte Tore nachdenklich. »Werde das mal mit ihm besprechen.«

»Außerdem«, fuhr Anke fort und blinzelte Tore mit einem Auge zu, »ein Ganter wie Alfons, der so intelligent ist, dass er auf den Schienen ein Signalfeuer entfachen kann, wird auch lernen, das Handy selbst zu bedienen.«

»Da ist es ja ein Glück, dass er kein Rumfässchen tragen kann«, ergänzte Käte listig. »Ich wüsste eine ganze Reihe von Halligleuten, die sich für jede Fahrt mit der Lore den Rettungsganter ausleihen würden.«

Großmütter! Begannen sie ihn jetzt zu veräppeln? »Die Fähre kommt, Oma«, sagte Tore sachlich und machte sich schon einmal auf den Weg zur Tür. »Sie wird gleich anlegen. Ich möchte sehen, ob sie das Eis wirklich fortschieben kann.«

Einige Minuten später standen sie schon am Anleger. Anscheinend hatten sich die meisten Langenesser eingefunden. Es war hier richtig voll.

»Kommen Ankes Kinder nicht?«, fragte Tore. »Mit Kai würde ich gerne mal wieder etwas unternehmen.«

»Doch, aber erst heute Abend.«

»Was essen sie denn, wenn Anke Alfons nicht schlachten will? Oder hat sie mich …«

»Beschwindelt? Nein, natürlich nicht. Anke erzählte mir, dass sie Schnippelpann machen wird.«

Tore krauste die Nase. Er erinnerte sich vor allem an den starken Geruch von Thymian.

»Na ja. Es ist nicht gerade ein Weihnachtsessen, aber ein Essen nach alter Art«, gab Käte zu. »Und du musst bedenken, wie viele Leute sie mit drei Familien sind. Gefrorene Rippen hat Anke reichlich. Ich habe ihr eingeweckte Enten angeboten, und bestimmt hätten andere ihr auch welche geben können, aber sie lehnt sie ab. Sie kommt auch so zurecht. Sie wird den Kindern erklären, warum Alfons tabu ist!«

»Ganz sicher?«

»Ganz sicher.«

Die Fähre schob sich gerade durch das Eis, das vom alten, nur noch selten benutzten Niedrigwasseranleger bis in die Bucht zwischen Rixwarf und der Warf Hilligenlei reichte. Das Eis brach, und die Schollen schoben sich übereinander, aber ganz schaffte sie es nicht.

Während das Signal drei Mal für Maschine rückwärts tutete, entdeckte Tore, dass neben ihnen Sören, der Wirt des Gasthauses, stand, ein Bär von einem Mann.

»Habe von deinen nächtlichen Abenteuern gehört, Tore«, sagte er schmunzelnd und reichte ihm die Hand. »Gratulation. Herr Meier hat dich über den grünen Klee gelobt.«

»Meier?« Tore blickte ungläubig zu ihm hoch. Oma Käte hörte ausgesprochen überrascht zu.

»Ja, Martin Meier«, bestätigte Sören. »Ist ein netter Kerl.«

Tore schüttelte fassungslos den Kopf. Wie konnte man Meier als nett bezeichnen?

»Ist er das?«, fragte Käte harmlos nach.

»Ja. Sehr umgänglich. Nachdem ich ihm mitgeteilt hatte, dass ich im Angebot weder Knödel noch eine Bedienung in friesischer Tracht habe, war die Sache geklärt. Ich habe Martin als Ersatz meinen polnischen Kellner zum Interview angeboten, aber den hat er abgelehnt. Dagegen hat er den Grog ausgiebig probiert und fand ihn ausgezeichnet.«

»Unterwegs war er richtig frech«, verteidigte sich Tore, weil er das Gefühl hatte, sich Oma gegenüber erklären zu müssen. Sie glaubte bestimmt, er hätte sie angelogen.

»So, so.«

»Martin hat gedacht, du und dein Opa hättet ihn angeschwindelt, um ihn zu ärgern. Knödel sind seine Lieblingsbeilage, und er konnte sich gar nicht vorstellen, dass man sie irgendwo nicht kennt«, sagte Sören und schabte sich nachdenklich am Kinn. »Ich überlege jetzt, ob ich sie in Zukunft anbieten soll. Vielleicht brauchen die Süddeutschen die Dinger zum Überleben. Und als Fertigpackung machen sie ja keine große Arbeit …«

»Wo mag denn Herr Meier nur leben, dass er so misstrauisch ist?«, fragte Oma Käte fassungslos. »Mein Mann und Tore wirken doch nicht wie Lügner …«

»In einer Zeitungsredaktion.«

»In einer Zeitungsredaktion«, wiederholte Käte. »Ja, dann! Dass die Zeitungen schwindeln, habe ich auch schon öfter festgestellt. Dort muss einer wohl Misstrauen lernen! Dafür kann Herr Meier aber nichts.«

»Jetzt will er abreisen, er muss hier irgendwo sein. Hat die Schnauze voll«, ergänzte Sören. »Nicht wegen der Knödel und weil es bei mir als Festessen Ente gibt, sondern überhaupt. Hat wohl das falsche Reiseziel erwischt.«

»Das geht nicht«, sagte Käte entschieden. »Wir können einen Gast nicht in solcher Stimmung abreisen lassen. Knödel hin und her.«

Tore reckte sich und sah gespannt zur Fähre hinüber, die jetzt wieder vorwärts fuhr. Mit voller Kraft kämpfte sie sich durch die Eisschollen, die knirschten und sich rechts und links vom Bug stapelten.

Die Fähre war voll mit Autos. Ganz vorne stand der Ölwagen, neben ihm der Traktor der Fährgesellschaft mit seinen Anhängern. Auf dem vordersten waren die in Plastikfolie verpackten Tannenbäume zu sehen.

»Alles da«, sagte Tore strahlend, während die Fähre *Hilligenlei* sich die letzten Meter heranschob, und die Brücke sich langsam senkte. Weihnachten war gerettet.

Das Gespräch zwischen Sören und Oma Käte hatte Tore nicht interessiert, und er hatte nicht immer zugehört. Plötzlich aber merkte er, dass der Wirt, an Oma Käte gewandt, durch eine Lücke zwischen den Zuschauern zeigte. »Da ist Martin Meier.«

»Komm«, sagte Käte zu Tore, »wir gehen zu ihm.«

Tore hatte nicht gerade den Wunsch, sich von dem Kerl zu verabschieden. Im Stillen murrend, folgte er seiner Oma. »Hallo«, sagte er lahm und blieb neben Meiers Reisetasche stehen.

»Hallo, Tore«, grüßte Meier reserviert.

»Ich bin seine Großmutter, Fedders Frau«, machte Käte sich selber bekannt. »Ich weiß nicht, ob Sie sich aus der Nacht noch erinnern ...«

Martin Meier nickte knapp. Es dauerte, bis er sich zu einer Antwort bereit fand. »Wie geht es Ihrem Mann?«

»Besser, danke. Zu Weihnachten können sie ihn allerdings noch nicht entlassen«, sagte Käte bedauernd. »Nach der Operation wäre das wirklich zu früh. Jetzt ist Fedders Platz am Tisch leer. Ich dachte, es wäre nett, wenn jemand ihn beim Festessen am ersten Weihnachtstag ausfüllen würde.«

Was? Tore hätte am liebsten laut protestiert. Doch nicht den Kerl an Weihnachten im Haus haben! Außerdem war das Haus ja nicht leer. Eine Familie aus Hessen hatte sich in der Ferienwohnung eingemietet.

Meier schwieg eine Weile. »Mei – meinen Sie mich?«, stammelte er dann ungläubig.

»Ja, genau. Sie sind von ganzem Herzen eingeladen. Was halten Sie davon?«

»Ich wollte abreisen«, knurrte Meier so unwirsch, wie Tore es von ihm gewöhnt war.

»Aber nein«, widersprach Käte in herzlichem Ton. »So doch nicht! Sie haben ja gar nichts von der Hallig gesehen. Und schon gar nicht können Sie fotografiert haben!«

Woher wusste Käte davon? Anke, fiel Tore ein. Die hatte geplaudert. Erst mit Meier, dann mit der Großmutter.

»Hier gibt es doch keine alten Bräuche mehr. Ihr Mann war selbst dieser Meinung«, erklärte Meier sauer. »Und Sören vom Gasthof hat nicht einmal eine Bedienung in Friesentracht.«

»Aber Herr Meier! Wir sind doch kein Zoo, in dem man exotische Tiere besichtigt! Wenn Sie darauf aus waren, kann ich mir vorstellen, dass Fedder sehr zurückhaltend mit Informationen gewesen ist.«

Meier stutzte.

Tore wandte seine Aufmerksamkeit den Anhängern zu, die hinter dem Traktor von Bord rollten. Der zweite war bis oben hin mit zellophanumwickelten Gemüsekästen, mit Sprudel- und Bierkisten sowie mit verschlossenen Kartons bepackt, und auf dem dritten folgten anscheinend große Weihnachtspakete. Danach strömten die Fußgänger mit Rollkoffern und Taschen an Land, und schließlich kamen vier Privatautos.

Als Letzter eilte der Mann in Uniform die Brücke hoch, der gleich die Fahrkarten der Abreisenden knipsen würde. Viele konnten es nicht sein, denn wer wollte an diesem Tag schon von Langeness nach Amrum? Erst auf der Rückfahrt zum Festland am Nachmittag würden es ein paar Fahrgäste mehr werden.

»Sie meinen, dass ich selber schuld bin«, sagte Meier schließlich, der jetzt lange genug nachgedacht hatte.

»Es wäre möglich«, antwortete Käte vorsichtig und schob ihren Arm freundschaftlich unter den von Meier. »Sie wollen doch nicht wirklich nach Amrum?«

»Wieso nach Amrum?«, giftete Meier wieder in gewohnter Weise. »Ich will nur fort!«

»Martin«, sagte Oma Käte in vorwurfsvollem Ton. »Ich darf Sie doch so nennen? Sie werden nicht fahren. Wir lassen Sie einfach nicht weg! Damit Sie womöglich noch im Bierzelt auf Mallorca landen! Wie heißen diese lärmenden deutschen Dauersäufer noch?«

»Ballermänner«, half Tore grinsend aus.

»Genau! Die sind kein Umgang für Sie! Sie sind doch ein netter junger Mann ...«

»Hmm«, brummte Maier.

»Eben«, sagte Käte entschlossen und winkte über einige Köpfe hinweg Sören zu, der sich erwartungsvoll in Bewegung setzte.

Drei Leute waren an Bord gegangen. Langenesser, die über Weihnachten vermutlich ihre Kinder auf Amrum besuchen wollten. Dort gab es mehr Arbeit für junge Leute als auf der Hallig, wie Tore wusste. Knud, der erste Ingenieur an Bord, ein netter Typ, mit dem er sich öfter unterhalten hatte, wenn die Familie mit dem Auto nach Langeness reiste, sah mit fragend hochgezogenen Augenbrauen zu ihm herüber. Anscheinend hatte er mitgekriegt, dass sie mit einem Abreisenden sprachen.

Tore winkte ab. Keine Chance. Wenn Oma Käte jemanden

in der Mangel hatte, wagte der keinen Widerspruch. Er selber würde Meier am ersten Weihnachtstag ertragen müssen.

Knud nickte, grüßte noch mal herüber und verließ die Brücke. Auf der Fähre griff er zur herabhängenden Fernbedienung für die Brücke, und diese hob sich langsam.

»Hoffentlich habt ihr Martins Zimmer noch nicht aufgeräumt«, sagte Käte zu Sören, als der heran war. »Er bleibt natürlich. Man musste ihm nur erklären, was er versäumt. Nicht jeder bekommt eine so einmalige Chance, sich in seinem Beruf hervorzutun. Nicht wahr, Martin?«

»Ja«, sagte Meier gehorsam.

Dabei hatte Oma Käte eigentlich gar nichts erklärt, fand Tore.

Die *Hilligenlei* legte unter dreimaligem Tuten ab.

Kapitel 12

Am Weihnachtsmorgen ging Tore früh an die Arbeit. Er suchte sich unter Omas Kochbüchern eines heraus, das ihm passend erschien, und blätterte nach Rezepten für Pukengrütze.

Aber das Kochbuch war blöd. Die Autorin kannte keine Puken.

Im nächsten Buch gab es auch keine Puken, aber wenigstens Buchweizengrütze für Wikinger. »Hast du Buchweizen und Rübensirup?«, fragte Tore seine Großmutter hoffnungsvoll.

»Nein. Weder noch«, antwortete Käte, die eine Ente für den Abend vorbereitete.

»Aber die Puken«, stotterte Tore. »Die brauchen doch ihre Grütze!«

»Dann machst du ihnen einfach Gerstengrütze«, schlug Käte vor. »Die essen sie mindestens genau so gerne. Und Sirup ist nichts für die Pukenzähnchen. Gesünder ist leicht gesalzene Grütze, und obenauf kommt ein dicker Butterklecks, der schmilzt und langsam verläuft.«

»Oh, ich wusste gar nicht, dass du die Puken kennst«, sagte Tore verlegen.

»Aber natürlich, Tore! Das kleine Volk lebt doch unter uns! Die Puken sorgen für unser Vieh, wenn wir selbst keine Zeit haben, und das machen sie sehr verantwortungsbewusst. Auf der Hallig kommen kaum jemals Schafe, Rinder, Gänse, Enten oder Hühner um. Hast du das noch nicht bemerkt?«

»Doch«, gab Tore zu.

»Wenn ausnahmsweise etwas passiert, dann nur, weil der Besitzer nicht merkte, dass sein Stallpuk gerade Urlaub hatte.«

Tores Kopf glühte inzwischen. »Das ahnte ich nicht ...«

»Schon gut«, sagte Käte beruhigend. »Du kannst nicht alles wissen. Wir sprechen über Puken eigentlich auch nicht. Lieb von dir, dass in diesem Jahr du ihnen das Weihnachtsessen bereitest.«

»Aber im vergangenen Jahr ...«

»Du hast es bemerkt? Da habe ich die Grütze vergessen«, gab Oma zu und wurde rot. »Das war nicht gut.«

Sie meinte Opas Unfall. Man müsste etwas Besonderes für die Puken tun, überlegte Tore. »Ob Meier mit seinem besten Apparat nicht versuchen könnte, die Puken ...«

»Auf keinen Fall«, widersprach Käte entschieden. »Wir können doch nicht die Puken an einen Fotoreporter verraten.«

»Ich will sie doch nicht verraten«, beteuerte Tore. »Ich dachte an eine Reportage …«

»Nein, du tust ihnen damit keinen Gefallen«, sagte Käte. »Wahrscheinlich würden sie die Hallig sogar verlassen.«

»Wegen der Fotos in einer Zeitung?«, fragte Tore entsetzt.

Käte nickte.

»Das möchte ich natürlich nicht!«

»Dann solltest du über die Puken gar nicht sprechen. Sie arbeiten am liebsten im Geheimen. Deswegen bleiben sie auch unsichtbar. Es gibt nur ganz, ganz wenige Menschen, denen sie sich jemals gezeigt haben. Andernfalls wüssten wir von ihnen ja auch gar nicht. Es heißt, dass man schweigen muss, wenn man sie zu Gesicht bekommen will, damit sie Vertrauen fassen können. Und wenn man sie gesehen hat, darf man erst recht nicht darüber reden.«

Endlich begriff Tore, warum ihm außer Onkel Calle niemand von den Puken erzählt hatte. Er nickte und kniff die Lippen zusammen. Ohne ein Wort darüber zu verlieren, kochte er nach Rezept den Brei, gab die Butter darüber und balancierte die Schüssel ganz vorsichtig in den ehemaligen Stall, in dem gerade die Familie zu Gast war. Im Eingangsbereich der Ferienwohnung stellte er sie ab.

Als Tore in die Wohnstube zurückkam, in der der Tannenbaum zwar schon stand, aber noch ungeschmückt war, telefonierte Käte gerade mit Opa. »Ja, Anna hat Zwillinge bekommen. Ich habe das nicht deuten können. Anna hätte es selbstverständlich wissen müssen, und ich wäre dann nicht so beunruhigt gewesen. Ich verstehe gar nicht, dass bei all dieser Betreuung, die heutzutage möglich ist, niemand auf die Idee kam, ihr die Zwillinge anzukündigen. Oder war es eine

Verwechslung, weil mehrere Hebammen und Ärzte beteiligt waren? Zu meiner Zeit wäre das jedenfalls nicht passiert …«

Tore schüttelte missmutig den Kopf, und Käte reichte ihm erschrocken den Hörer, obwohl sie gar nicht wusste, worüber sich Tore ärgerte.

»Opa«, sagte er, »während du da so herumliegst, könntest du dir einen Gänsehandyhaltegurt ausdenken. In Zukunft kriegen Gänse für die Fahrt über die Hallig ein Handy umgeschnallt. Für alle Fälle. Notfälle.«

»Und wer soll es bedienen? Die Gans?«

»Entweder ein Verunglückter, der im Watt liegt, oder die Gans. Jedenfalls muss ab sofort bei jeder Fahrt einer Lore eine Rettungsgans dabei sein. Ähnlich wie ein Bernhardiner mit Rumfässchen.«

»Tja«, murmelte Opa Fedder unentschlossen.

»Vielleicht könnte man auch die Puken dafür interessieren. Eigentlich brauchen sie eine neue Aufgabe, weil es doch gar nicht mehr so viel Vieh auf der Hallig gibt.«

Fedder gab ein krächzendes Geräusch von sich.

»Oma und ich haben offen über die Puken gesprochen. Warum sollte man ihnen nicht einen Job als Begleiter von Rettungsgänsen anbieten? Falls etwas passiert, können sie Hilfe herbeirufen.«

Fedder seufzte so laut, dass es im ganzen Raum zu hören war. »Gut, ich werde darüber nachdenken, Tore. Zeit genug habe ich ja.«

»Fein. Danke, Opa«, sagte Tore und beendete das Gespräch.

»Was war denn los mit dir, als ich über die Zwillinge sprach?«, fragte Käte. »Passte dir etwas nicht?«

»Na, ja«, sagte Tore. »Schon wieder die Zwillinge! Außerdem hört es sich immer so blöd an, wenn jemand sagt: *zu meiner*

Zeit und so weiter. Als wärst du uralt. Bist du aber nicht. Heute ist auch deine Zeit, und es gibt auch gute neue Sachen, die man früher nicht hatte. Handys, zum Beispiel ...«

»Schon gut. Ich nehme mir das zu Herzen«, murmelte Käte. Und schon wieder musste sich Tore aus einer Umarmung herauswinden. »Du hast dich verändert. Du bist erwachsener geworden.«

»Das will ich meinen«, sagte Tore selbstbewusst. »Wer im Watt nach Puken suchen muss, die ihre Ringelgans verloren haben, und die Suche dann aufgibt, nimmt sehr viel Verantwortung auf sich.«

Der Tag würde lang werden. Tore spielte mit den Kindern der Gäste, aber hauptsächlich musste er immer an die Grütze denken und daran, ob die Puken sich wohl auch bei Licht an die Schüssel trauten.

»Pass doch endlich auf«, mahnte einer der Gastjungen ungeduldig, von dem Tore sich nicht einmal den Namen gemerkt hatte, und warf den grünen Mensch-ärger-dich-nicht-Spielstein zum vierten Mal aus dem Rennen.

»Ja, ja«, sagte Tore und stand auf, »du hast gewonnen.« Ohne ein weiteres Wort lief er in Oma Kätes Wohnung hinüber.

Das Wohnzimmer war inzwischen gesperrt, und dahinter rumorte Oma. Sie schmückte den Baum, was sonst immer Opa gemacht hatte.

»Soll ich dir helfen?«, bot Tore hoffnungsvoll an.

»Das könnte dir wohl gefallen. Kommt überhaupt nicht in Frage! Aber danke.«

»Oma, essen Puken auch etwas anderes als Grütze?«, fragte Tore, den Mund dicht am Türspalt. »Würstchen, vielleicht? Ich könnte welche heißmachen.«

»Ich glaube nicht, Tore. Und mit Würstchen wollen wir erst gar nicht anfangen. Es gibt heute Mittag wie immer Brot und Aufschnitt.«

»Ich meinte ja bloß«, maulte Tore.

»Kindschen kommt heute abends, Tore. Alles zu seiner Zeit.«

Das dämpfte Tores Unruhe auch nicht. Er sah aus dem Fenster. Die Luft war grau von Nebel. Man konnte nicht einmal das Meer sehen. Das Eis auf dem Fething war längst geschmolzen, Schlittschuhlaufen war unmöglich. Schnee war nicht zu erwarten, dazu war es viel zu warm. Er überlegte, ob er Alfons besuchen sollte. Aber zu laufen hatte er keine Lust, und Oma hatte keine Zeit, ihn zu fahren.

Endlich wurde es dunkler, das Warten würde bald überstanden sein. Nun musste nur noch das Essen bewältigt werden. Tore fragte sich, wie schon so oft, warum man unbedingt vor der Bescherung essen musste, statt es hinterher zu dürfen. Er hatte vor lauter Aufregung davor nie Hunger. Höchstens auf die Förtchen, die Oma gebacken hatte.

Zwei Teller, auf denen sich die Förtchen häuften, standen auf dem Tisch. »Würdest du einen davon zu unseren Gästen bringen, Tore? Mit einem Weihnachtsgruß von Opa und mir.«

»Ja, mache ich«, sagte Tore, aber dann fiel ihm ein, was Onkel Calle über die Pflichten von Stallbesitzern erzählt hatte. »Du musst mitkommen, Oma.«

»Wie?« Käte drehte sich um und betrachtete Tore mit gerunzelter Stirn. »Du traust dich bei Dunkelheit allein ins Watt, aber nicht zu unseren Gästen? Das kann ich kaum glauben.«

Wenn das für Oma eine Erklärung war, seinetwegen. Hauptsache, sie kam mit. Tore nickte heftig.

»Na gut.« Oma Käte band ihre Schürze ab, und Tore ergriff den Teller.

Die Familie war schon bei der Bescherung. Die Kinder, die jünger als Tore waren, packten gerade die Geschenke aus. Tore überreichte der Mutter den Teller mit einer vollendeten Verbeugung. »Im Namen meiner Großeltern«, sagte er höflich.

Das trug ihm einen verwunderten und etwas belustigten Seitenblick von Käte ein. »Ich wünsche Ihnen Glück und Segen«, sagte sie, »und dass wir alle immer genug Arbeit haben, um uns aus eigener Kraft ernähren zu können.«

»Ja, vielen, vielen Dank«, erwiderte die Frau gerührt. »In der heutigen Zeit ist bezahlte Arbeit und eine Sozialversicherung das Wichtigste, nicht wahr?«

Jippiih, rief Tore innerlich. So ähnlich hatte Onkel Calle es bestimmt gemeint, obwohl Oma die Frau nicht direkt ermahnt hatte, fleißig zu sein.

»Du warst ja so feierlich«, stellte Oma anerkennend fest, als sie wieder zurück in der eigenen Wohnung waren.

»Ja. Weihnachten eben«, erklärte Tore sehr zufrieden.

Die Ente duftete herrlich und hatte eine ganz knusprige Haut. Während sich Tore den Bauch mit Ente, Rotkohl und Salzkartoffeln mit Bratensoße vollschlug, vergaß er sogar vorübergehend, dass er sich eigentlich die Bescherung vor dem Essen gewünscht hatte.

Aber dann endlich, endlich ...

Das Paket, das Tore am meisten Kopfzerbrechen machte, hob er sich bis zum Schluss auf. Es war rund und etwa fußballgroß. Er hatte sich doch keinen Ball gewünscht! Fragend sah er zu Oma Käte hinüber, die im Sessel saß und zuschaute, wie er auspackte.

Sie zog die Schultern hoch und schüttelte den Kopf. Von ihr und Opa war es nicht.

Zum Vorschein kam ein blauer Fender, der zum Boot gehörte, der allerdings im vergangenen Sommer ein Loch bekommen hatte und unbrauchbar geworden war.

Tore betrachtete ihn verdutzt und drehte ihn um. Das Loch war noch da, es war sogar größer geworden. Innen war der Fender mit Seidenpapier ausgestopft. Mit einem Auge blickte er hinein. Ein kleines Pappkästchen. Mit etwas Geschick gelang es ihm, es herauszuangeln. »Ein Handy!«, rief er überrascht.

»Es ist mit dir auf Opas Lore hergereist«, sagte Oma. »Wenn du das gewusst hättest ...«

»Ja«, sagte Tore und bediente die Tasten, während er das Display im Auge behielt. »Paps hat es schon eingerichtet. Ich hätte direkt nach Hause telefonieren können. Wenn ich das gewusst hätte. Aber es ist ja auch so gut gegangen.«

»Stimmt«, sagte Oma und reichte Tore einen Briefumschlag. »Dieses ist auch von deinen Eltern. Das Geschenk ließ sich nicht transportieren.«

»Zu groß?«, fragte Tore mit funkelnden Augen und dachte sofort an einen Hubschrauber oder Ähnliches. Nicht, dass er sich einen gewünscht hätte, aber er hatte spätestens bei der Herfahrt erkannt, wie nützlich sie waren.

»Eher nicht«, sagte Oma Käte bedauernd.

Tore öffnete und nahm einen Gutschein heraus, den er sprachlos anstarrte.

»Ich vermute, das Geschenk hätte unterwegs in die Verpackung gepinkelt«, setzte Oma ihre Erklärung fort. »Es scheint noch jung und nicht stubenrein zu sein. Wahrscheinlich weiß es nicht, dass sich so etwas nicht gehört.«

»Ein Labrador«, seufzte Tore hingerissen. »Der Welpe

wartet im Tierheim auf mich, und die Eltern haben ihm schon erzählt, dass er bald adoptiert wird.« Danach flog er seiner Oma um den Hals und blieb auf ihrem Schoß sitzen. An Weihnachten konnte er ein solches Opfer bringen, ohne sich wie ein Kleinkind zu fühlen.

Kapitel 13

Am ersten Weihnachtsfeiertag wachte Tore durch Hundegebell auf. Wieso das denn? Dann fiel ihm ein, dass es überhaupt nicht stimmen konnte. Vielmehr befand sich sein Labrador im Tierheim von Niebüll. Paps hatte ihm gestern Abend am Telefon noch gesagt, dass sein neuer Wachhund ihn bestimmt nicht ins Watt bei auflaufendem Wasser würde laufen lassen. Ein Labrador wäre der Spezialist für Wasser unter den Hunden.

Ein Wasserhund, prima, dachte Tore und wandte sich den Puken zu, nach denen er jetzt gleich Ausschau halten würde. Die pflegten nicht zu bellen, da war er sich sicher, also hatte er wohl geträumt.

Als er im Stall ankam, erkannte er, dass er zu spät war. Die Grütze war bis auf das letzte Körnchen aufgegessen und die Schüssel sauber ausgelöffelt. Puken würde er hier nicht mehr zu Gesicht bekommen. Aber wo waren sie? Schon abgeflogen?

Er rannte hinaus und spähte nach Osten zum Festland. Den Lorendamm sah er als schmalen Strich im Meer und dahinter die Hallig Oland, aber keine Gänse im Flug. Vielleicht hielten sie sich ja woanders auf der Hallig auf.

Als er in die Küche zurückkam, war Oma geschäftig am Arbeiten. Aus einem großen Kochtopf dampfte es.

»Hast du etwas dagegen, dass es heute Grünkohl und geräucherte Schweinebacke gibt?«, fragte sie. »Ich möchte doch Martin etwas anderes bieten als Ente. Die hatte er nämlich gestern.«

Ach, der blöde Meier sollte ja kommen. Ausgerechnet heute! »Gegen Schweinebacken habe ich nichts«, sagte Tore anzüglich und freute sich, dass Oma zuckte, weil sie ihn verstanden hatte. »Ü-ber-haupt nichts.«

»Dann ist es ja gut«, sagte sie ruhig.

Gegen Mittag trudelte der Kerl ein. Tore öffnete ihm die Tür, weil er mehrmals klopfte und auch nach einem gebrüllten »Herein« nicht gewillt war, selbständig in die Küche zu kommen. Dafür behielt er seine nassen, dreckigen Straßenschuhe an. Tores missbilligende Blicke hatten keine Wirkung. Meier dachte gar nicht daran, die Schuhe im Eingangsflur auszuziehen.

Achselzuckend schob Tore ihn schließlich in die Küche. Oma, die noch am Herd stand, bat ihn, sich zu setzen, stellte Meier einen Köhm hin und begann mit ihm zu schwatzen, als sei er schon seit Jahren ein Freund des Hauses.

Tore hockte sich missmutig und schweigsam dazu.

»Wie haben Sie den gestrigen Tag verbracht, Martin?«, fragte Oma.

»Och, ganz gut. Ich war am Ufer beim Hotel und habe Nebelbilder geschossen. Es war richtig gespenstisch«, sagte Meier und erwärmte sich zusehends an seiner Erzählung. »Gelegentlich Möwenschreie, die habe ich auch aufgenommen. Daraus kann man was machen.«

»Fein«, sagte Oma herzlich und goss ihm einen zweiten Köhm ein.

»Es ist nämlich mein allererster Auftrag überhaupt«, bekannte Meier, als er beim dritten angekommen war. »Ich habe einen Vertrag für eine Reportage bekommen, und wenn sie gut ist, übernehmen sie mich vielleicht. Es ist heutzutage schwierig, bei Redaktionen angestellt zu werden.«

Oma wandte sich um, mit einem Kochlöffel in der Hand, von dem Soße herunterkleckerte. »Jetzt verstehe ich, dass Sie nicht ins Krankenhaus wollten! Sie müssen schreiben! Warum aber versuchten Sie anschließend abzureisen?«, fragte sie entsetzt. »Ohne Ihren Auftrag erfüllt zu haben!«

»Es schien so aussichtslos«, murmelte Meier scheu.

»Aussichtslos? Das gibt es auf der Hallig gar nicht! Sehen Sie sich mal um!«

Der junge Journalist lachte leise. Tore musterte ihn mit frischem Interesse. Der war also Berufsanfänger. Stand unter Erfolgszwang. Deswegen hatte ihn wohl die Panik auf dem Watt voll erwischt.

»Ich verstehe, was Sie meinen, Oma Käte. Mehr Aussicht als hier kann man gar nicht bekommen.«

»Eben. Und mehr erleben als Sie bei der Herfahrt, kann man auch nicht. Ich denke, Sie sollten genug zu erzählen haben, Martin.«

»Eigentlich ja. Aber ich wollte auch nicht, dass die Leser glauben, hier würden immer Loren verunglücken. Schlecht fürs Image …«

Das wiederum war ein netter Zug von ihm, fand Tore. Solche Rücksichtsnahme hatte er ihm gar nicht zugetraut.

»Um ehrlich zu sein, hatte ich mordsmäßig Schiss während der Fahrt, Oma Käte«, fuhr Meier leise fort. »So viel Nebel. Nichts zu sehen. Kein Mensch und keine Siedlung in der Nähe. Nur Eis und tote Tiere auf den Schienen und im Watt. Und das Wasser, das auflief. Ihr Mann sprach davon, als würden wir demnächst bis zum Hals darin sitzen …«

»Sie Ärmster«, sagte Käte mitfühlend. »Fedder ist manchmal etwas raubeinig.«

»Und dann hatte ich auf der Lore immer Tore vor mir. Der hatte überhaupt keine Angst. Kraulte eine Gans. Lange Zeit dachte ich, der ist einfach zu jung und zu blöd, um eine gefährliche Situation richtig einzuschätzen. Deswegen bin ich abgehauen, als wir im Matsch lagen. Irgendwo würde ich schon an Land kommen und jemanden alarmieren können. Aber ich geriet immer tiefer ins Wasser. Und dann ...«

»Und dann?«, fragte Käte bestürzt.

»Dann kam Tore, um mich zurückzuholen, trotz des auflaufenden Wassers. Das gibt es doch gar nicht, dachte ich. Ein kleiner Junge, der von Puken und Gänsen wie im Märchen schwärmt – im Watt hat er noch in aller Seelenruhe nach dem Puken der toten Wildgans gesucht –, aber er weiß, wo Ost und West ist, kennt die Gezeiten und rettet dich vor dem Ertrinken.«

»Na, und? So jung, dass ich keinen Fußspuren folgen könnte, bin ich nun wieder auch nicht!«

»Ganz bestimmt nicht. Aber ich habe mich wie ein Feigling benommen, wie der Oberidiot schlechthin«, bekannte Martin Meier, »und deshalb wollte ich die Hallig von mir befreien.«

»Das ist vorbei«, sagte Oma Käte entschlossen. »Sie sind beruflich hier, haben einen Vertrag zu erfüllen, und genau das werden Sie auch tun! Wer die Hallig auf diese mühselige und gefährliche Art erreicht, kann das Leben der Menschen hier ohnehin ganz anders würdigen. Einfach ist es nicht. Und Sie sollten Ihr Erlebnis im Zusammenhang mit Ihrem Bericht zu schätzen wissen ...«

Martin nickte. Tore auch. Er fand Martin längst nicht

mehr so unsympathisch wie zu Anfang. Im Gegenteil eigentlich.

Am zweiten Weihnachtstag sollten die Gäste, die in Oma Kätes Ferienwohnung wohnten, abreisen. Oma würde sie zur Fähre fahren.

Kurz vor der Abreise kam die Hausfrau in Omas Küche und stellte zwei Gläser Honig und eine Packung Eier auf den Tisch.

Tore war sofort zur Stelle, um sie zu inspizieren. Kein Label! Die waren nicht beim Kaufmann auf Langeness gekauft worden.

»Wir möchten Ihnen beides als Dank hierlassen«, sagte die Dame. »Wir haben uns hier unendlich wohl gefühlt. Honig und Eier sind Spitzenqualität, beide aus biologischer Erzeugung, dafür garantiere ich.«

Tore triumphierte. Die Puken hatten unsichtbar im Stall gestanden und die Segenswünsche zusammen mit den Stallbewohnern entgegengenommen, die Grütze genossen und sich artig für alles bedankt. Der Fleiß der Stallbewohner war bereits jetzt erkennbar, und im kommenden Jahr würde es bestimmt keinen Beinbruch geben.

Schade, dass er die Abreise der Puken verpasst hatte. Als er dem Auto mit den abfahrenden Gästen nachwinkte, lag auf den Fennen in der Umgebung der Warf wieder dichter Nebel. Aber so weit konnte er doch noch blicken, um zu erkennen, dass keine einzige Ringelgans dort umherwanderte, um sich für den Rückflug den Bauch mit Gras vollzuschlagen.

Als Oma vom Anleger zurückgekehrt war, brachte sie Neuigkeiten mit. »Anna kommt übermorgen mit den Zwillingen aus dem Krankenhaus zurück. Wenn du willst, kannst du mitfahren, um sie zu besichtigen.«

»Nein, Oma, bestimmt nicht«, sagte Tore entrüstet. »Säuglinge! Was ist denn an denen Besonderes? Das muss ich mir nicht antun.«

»Na, ich dachte, sie könnten dich interessieren«, meinte Oma Käte erstaunt.

»Das ist Frauenzeug. Ich wünschte, Opa wäre hier, um mit mir den Gänsegurt zu bauen ...«

»Ich habe Martin zu Silvester eingeladen«, sagte Oma vorsichtig und behielt Tore im Auge. »Er war inzwischen auch bei Anke zu Gast, und Silvester so ganz allein – ist es dir recht?«

»Warum nicht?«, sagte Tore großzügig. »Der wird sich ganz schön wundern, dass auf der Hallig nicht geknallt werden darf ...«

»Bei der Gelegenheit: Er fragt, ob du eventuell bereit wärst, ihm die schönsten Stellen auf der Hallig zu zeigen. Damit seine Reportage gut wird ...«

»Klar! Mach ich doch!«, sagte Tore großzügig.

Oma Käte wirkte erleichtert. Tore dämmerte etwas. Wahrscheinlich hatte sie Martin versprochen, dass er mitkäme. Oder es war sogar ihre Idee gewesen.

Gegen Mittag hob sich der Nebel. Sie entdeckten, dass es ohne Nebel ein strahlend sonniger Tag war, mit wolkenlosem blauem Himmel, was niemand hatte ahnen können.

Kurzentschlossen telefonierte Oma Käte mit Meier, und eine Stunde später lud sie Tore an der Warf Hilligenlei ab. Der Fotograf wartete schon vor der Tür des Gasthofs. Heute trug er einen dicken Pulli unter dem Anorak.

»Ich soll dich ein bisschen umherführen. Wo warst du denn schon überall?«, fragte Tore sachlich.

»Ich bin Richtung Festland am Ufer zu der unbewohnten Warf gegangen und dann auf der Straße zu den nächsten Warfen. Bis zur Ketelswarf war ich.«

Weiter hatte er sich also nicht getraut. Hatte wohl nach den ersten Erfahrungen Angst. Tore blickte Meier auf die Füße und sah die Halbschuhe, die er auf der Lore getragen hatte. »Wenn du dir Gummistiefel besorgen könntest, gehen wir ins Watt. Sören, der Wirt, kann dir bestimmt welche leihen.«

»Prima Idee«, versicherte Martin und verschwand nach drinnen. Die Tür klappte laut hinter ihm zu.

Tore hatte von hier aus den ganzen Westteil der Hallig im Blick. Keine einzige Ringelgans. Sie waren fort!

Kurze Zeit später kam Martin zurück, mit fast kniehohen, robusten grünen Fischerstiefeln, und sie machten sich auf den Weg.

»Ich möchte dir etwas Besonderes zeigen«, verkündete Tore, als sie am Ufer in Richtung Leuchtturm unterwegs waren. Er hatte einen Plan, aber ob er klappen würde, wusste er natürlich nicht.

»Ja, den Turm habe ich gesehen«, sagte Martin, »aber es war dort so einsam. Ich traute dem Wasser nicht, und mein Handy – du weißt schon.«

»Das Wasser schwappt nur bei stärkerem Westwind auf den Steindeich hoch«, erklärte Tore. »Mit Stiefeln wirst du nicht einmal nass. Aber den Leuchtturm meine ich gar nicht.«

»Was dann?«

Doch Tore schüttelte den Kopf und verriet nichts. Vor einer der in das Meer hineingebauten Buhnen blieb er stehen und begann die Steine hinunterzuklettern. »Pass auf deine Kameras auf, es ist sehr glitschig«, warnte er und sprang schließlich auf den Sand hinunter. Er streckte Martin die Hand entgegen, der vorsichtig nachkam und ihm schließlich die Tasche reichte.

»Ins Watt hinein würde ich mich nie allein trauen«, sagte Martin. »Nie mehr.«

»Okay. Opa hat mir erzählt, dass an diesem Ufer mal Gäste, die weit auf den Sand hinausgewandert waren, sich bei ihrer Rückkehr plötzlich durch einen ufernahen Strom abgeschnitten sahen. Bis zum Bauch stand ihnen das Wasser schon, und sie mussten hindurch. Sind aber alle heil an Land gekommen.«

Martin erschauderte.

»Man sieht das draußen nicht«, führte Tore voller Behagen aus. »Aber wenn nach dem Tidenkalender das Wasser aufzulaufen beginnt, sollte man auf jeden Fall auf dem Rückweg sein.«

»Und diese Sandbank ist also interessant. Wollen wir hinauslaufen?«

»Nein, im Gegenteil, wir bleiben hier. Ich will dir die Steine zeigen.«

Martin beugte sich hinunter. »Was sind denn das für Knubbel auf den Steinen? Warzen?«

»Austern.«

»Nein! Du veräppelst mich! So viele Austern gibt es ja gar nicht. Sieht eher aus wie eine Steinkrankheit.«

»Wetten, dass nicht?« Tore zog sein Taschenmesser aus der Hose, brach eine nur lose sitzende Auster vom Stein ab und schob die Klinge zwischen Ober- und Unterschale. Dann präsentierte er Martin die Unterschale mit Austernwasser und herausgelöstem Fleisch. Wie man es fachgerecht machte, hatte Opa ihm gezeigt.

Zu seiner Verwunderung griff Martin sofort zu, schlürfte genießerisch das Wasser und schluckte das Fleisch hinunter, ohne lange zu kauen. »Donnerwetter«, staunte er. »Davon hat mir niemand erzählt. Die wachsen hier ja dichter als in der Bretagne.«

»Kann sein. Wir essen sie nicht«, bekannte Tore.

»Nein?«

»Nein. Opa nicht, weil sie ohne Batterien funktionieren, ich nicht, weil es lebende Tiere sind.«

»Sie sind sehr delikat. Besser als Schmorbraten vom Esel. Du hast mich darauf angesprochen, weißt du noch?«

»Aber nicht als Essen. Ich wollte nur wissen, ob du sie kennst.«

»Ich weiß schon. Ich war damals ...«

»Verärgert.«

»So ungefähr. Ich muss die Austern unbedingt fotografieren.«

»Ich weiß eine bessere Stelle. Komm mit.«

Tore führte ihn an der Buhne entlang weiter nach draußen, mal dicht an den Steinen, mal im Wasser, einem schmalen Rinnsal, das parallel zur Buhne bis zum Ufer führte, wo es von der Hallig aus einer Röhre strömendes Wasser aufnahm.

»Ist es wirklich nicht gefährlich?«, erkundigte sich Martin.

»Nein, nein. Tiefer als bis zu den Unterschenkeln sinkt man meistens nicht ein.«

»So tief? Na, ja.« Martin versuchte zu verbergen, dass er erschrocken war, und Tore grinste teilnahmsvoll.

Er blieb stehen und zeigte auf die Steine. »Siehst du? Hier

wachsen Austern, die unterschiedlich alt sind, die allerkleinsten stammen vom letzten Jahr.«

»Millionen«, stammelte Martin und blickte um sich. »Hoffentlich sind sie geschützt.«

»Nein, im Gegenteil. Eine Austernzuchtfirma hat die Erlaubnis bekommen, sie zu ernten. Von der Landesregierung Schleswig-Holstein. SPD und Grüne. Die Grünen haben auch ihr Okay gegeben.«

»Woher weißt du das alles?«

»Ich habe Paps von den Austern erzählt. Und der hat herumtelefoniert, bis zur Regierung in Kiel. Er ist zwar Mathematiker, aber er findet nicht, dass eine Firma wilde Austern zum Verkauf auf eigene Rechnung einsammeln darf. Wenn überhaupt, gehören sie den Langenessern.«

»Dein Paps ist in Ordnung.« Martin schob seine Pudelmütze nach hinten und kratzte sich am Kopf. Das kannte Tore. Die Dinger juckten gewaltig, wenn einem vor Aufregung warm wurde. »Was haben die in Kiel gesagt?«

»Dass die Firma keine Gefahr für die Austern darstellt.«

Martin nickte, als hätte er es nicht anders erwartet. »Typisch! Die einheimischen Austern in England sind schon lange weggefressen, die Haibestände sind gefährdet, weil reiche Japaner nur mit Haifischflossen überleben können, die Walbestände nehmen dramatisch ab, weil Japaner, Norweger und Isländer Hundefutter brauchen, die Nashörner sterben, weil chinesische Männer ohne Horn nicht einmal mehr das einzige erlaubte Kind zeugen können, Tiger brauchen sie, um im Bett glücklich zu sein, und so weiter.«

Tore staunte ihn mit offenem Mund an. So etwas hatte er Martin nicht zugetraut. Dann fiel ihm noch etwas ein. »Vor einem Jahrhundert oder so wollten die Politiker die Hallig sogar aufgeben. Stell dir vor! Alle Bewohner sollten aufs Festland umgesiedelt werden …«

Martin rang einen Augenblick mit sich und fasste dann einen Entschluss. »Was meinst du, soll ich einen Bericht über die Austern schreiben, der die Öffentlichkeit gegen die kapitalistischen Ausbeutermethoden aufrüttelt?«

»Wäre ganz prima!«, rief Tore begeistert. »Ein echtes Weihnachtsgeschenk für die Hallig!«

Nachdem Martin die Austern von allen Seiten fotografiert hatte, auf den Steinen, im fließenden Wasser, voll Schlick und gesäubert, mit und ohne Pocken, in allen Lebenslagen gewissermaßen, machte er zufrieden Schluss.

Tore, der die See beobachtete und sah, wie der Nebel sich langsam wieder über Wyk und die Norderaue zwischen Föhr und Langeness senkte, fing an zu frieren. Martin hatte im Wasser gekniet und war an den Hosenbeinen nass, aber vor lauter Begeisterung merkte er es gar nicht.

Als sie zum Gasthaus zurückgingen, erzählte er Tore ausführlicher von der Schwierigkeit, als freischaffender Journalist sein Auskommen zu finden. Sie waren sehr abhängig. Von den Politikern. Von der vom Zeitungsverleger gewünschten Einstellung. Von der political correctness. Und so weiter …

Tore hörte still zu. Da musste einer ja als Angsthase enden! Und trotzdem wollte Martin sich für wilde Austern stark machen. Alle Achtung …

»Wart ihr erfolgreich?«, erkundigte sich Oma Käte, als sie Tore abholte.

Tore grinste in sich hinein. »Und wie«, sagte er. »Wir verteidigen die Hallig jetzt gegen kapitalistische Ausbeuter.«

Kapitel 14

Oma Käte war echt neugierig, fand Tore. Sie wollte die Zwillinge schon in dem Augenblick sehen, in dem sie vom Schiff heruntergebracht wurden. Obendrein wollte sie unbedingt, dass er mitkam. Um ihr einen Gefallen zu tun und damit sie endlich aufhörte zu nerven, stimmte er zu.

Als sie beim Anleger ankamen, bog die Fähre gerade auf die Brücke zu. Auf der *Hilligenlei* standen nur wenige Autos, ganz vorne ein Krankenwagen.

Oma Käte, die mit Anke schwatzte, während die Brücke sich senkte, zauberte plötzlich ein Sträußchen Tannenbaumzweige mit drei Weihnachtskugeln hervor. Den Strauß in der hocherhobenen Hand, schritt sie mit Anke an ihrer Seite forsch auf den Krankenwagen zu, der als Erster an Land rollte.

Tore, der ihnen unschlüssig folgte, konnte nur noch den Kopf schütteln. Sollten die Zwillinge an den Kugeln nuckeln?

Der Wagen hielt auf dem Parkplatz an, und die hinteren Flügeltüren öffneten sich. Anna saß auf der Liege und Opa neben ihr in einem Rollstuhl.

Opa sah Käte und Tore lachend entgegen.

Oma schob Tore hinein. »Du darfst mitfahren«, sagte sie. »Ich nehme an, dass der Gänsegurt ganz dringend besprochen werden muss. Fedder wird mit dir einer Meinung sein.«

»Klar! Ihr habt mir nicht sagen wollen, dass Opa jetzt schon entlassen ist«, stammelte Tore überwältigt und kauerte sich seinem Großvater zu Füßen.

»Auch Erwachsene haben ihre Geheimnisse«, sagte Oma, begrüßte Anna und beugte sich über den Korb mit den Zwillingen. Ihre Hände hielt sie hinter dem Rücken verschränkt.

Damit sie sich nicht selbständig machten und die Babys

am Kinn kraulten. Bestimmt waren kleine Schreihälse genau so empfindlich gegen Krankheiten wie Großeltern. Tore sah seiner Oma nach, als sie zu ihrem Wagen zurückeilte und den Motor anließ, um hinterherzufahren.

Hatte sie noch mehr Geheimnisse? Während Tore aus den Rückfenstern nach hinten schaute, hatte er fast das Gefühl, dass Oma noch etwas anderes als Opas frühe Heimkehr gemeint hatte.

Am Silvestertag waren Opa Fedder und Tore schon ganz schön weit mit ihren Plänen für den Handygurt gekommen. »Ich könnte ihn an Alfons ausprobieren«, schlug Tore vor.

»Wenn Alfons wirklich so intelligent ist, wie du meinst, könnte er sicher eine Taste drücken lernen. Oder?«, fragte Fedder. »Aber wir müssen größere Tasten bauen lassen, auf die solche Quadratlatschen passen. Eine reicht ja auch. Wir können auch nicht einfach anordnen, dass ein Puk für jede Lorenfahrt zur Hallig zur Verfügung stehen muss. Sie gewissermaßen in Dienst stellen. Verstehst du? Sie helfen uns freiwillig ...«

»Oh, ja«, sagte Tore beschämt. »Daran hatte ich nicht gedacht. Aber wie geht es weiter, wenn die Gans die Taste gedrückt hat?«

»Das Handy ist dann eingeschaltet, und man kann es orten. Das machen die Betreiber. Ich glaube, es bedarf dazu einer richterlichen Anordnung. Aber vielleicht kann man für eine Notruftaste eine Ausnahmeregelung schaffen.«

»Ach, das geht bestimmt«, sagte Tore sorglos. »Paps sagt, wenn die Regierung etwas durchsetzen will, tut sie das auch. Wir brauchen nur zu melden, dass Terroristen die Hallig bedrohen. Dann geben sie uns bestimmt sogar Geld für die Entwicklung des Gänsewarnsystems. Hauptsache, wir bringen das Ding zum Laufen.«

»Das schaffen wir.«

Sie arbeiteten an ihrem Projekt bis zum frühen Nachmittag. Als die Dämmerung sich senkte, wurde es allmählich Zeit für Tore, sich für den Rummelpott umzuziehen.

Tore kostümierte sich als Kapitän mit einem Dreispitz und blauer Jacke mit goldenen Knöpfen. Den Rummelpott, den Opa hergestellt hatte, als im Oktober, nach dem Schlachten von Schweinen für Weihnachten ganz viele Mägen zur Verfügung gestanden hatten, probierte er noch im Haus aus. Im aufgeblasenen getrockneten Schweinemagen lagen alte Erbsen, und diese machten einen Höllenlärm, als er mit dem Stock auf und ab fuhr. Alles in Ordnung also.

Oma fuhr Tore zur Ketelswarf, wo eine ganze Kinderbande aus Gespenstern, Cowboys und Hexen ihn schon erwartete. Erstaunt sah er, dass in Ankes guter Stube kein Weihnachtsbaum stand. Dafür ein hölzernes Gestell mit rot angemaltem Figurengebäck. Kinkentüch. Sie war ja ganz schön radikal mit ihren alten Bräuchen.

Kai, in dessen Jacke sich Tore in der Unfallnacht gewärmt hatte, zog Tore beiseite. »Wir müssen einen neuen Text üben, den kein Schwein kennt. Ein Uralttext, aber du weißt ja, wie viel Wert Oma Anke auf so etwas legt …«

Tore nickte verständnisvoll. Er wusste, dass man Omas hin und wieder einen Gefallen tun musste. Sie hatten ihn sich immer verdient.

Es dämmerte, als sie loszogen. Erwartungsgemäß war die Tür des benachbarten Hauses geschlossen. Sie stellten sich im Halbkreis auf und deklamierten:

»Fru, mak de Dör up,
de Rummelpott will in.
Dor kömt ein Schipp von Holland,
dat hett recht grot Gewinn.
Den Schipper wüllt wi preisen,
Nah Seeland wüllt wi reisen.
Sett de Segel up de Top
un giw mi wat in'n Rummelpott.«

Der Lärm und das Vergnügen waren auf beiden Seiten groß, und als die Kinder alles Gute zum neuen Jahr gewünscht hatten, füllte man ihre Säcke und Taschen mit Orangen, Äpfeln, Schokolade und Bonbons.

Zwei Warfen waren genug, um sie restlos zufriedenzustellen. Müde kehrte Tore zu Fuß nach Hause zurück.

Martin Meier saß schon in der guten Stube und schwatzte mit Opa, als Tore in seiner gewöhnlichen Kleidung hereintrudelte und sich total erschossen auf das Sofa warf.

»Hi«, sagte Tore.

»Hi.«

»Wie war die Ernte?«, fragte Opa.

Tore lebte auf. »Prächtig«, sagte er zufrieden. »Es waren sogar vier Euro dabei.«

»Donnerwetter!«

»Vielleicht kaufe ich meinem Labrador für das Geld einen Lederknochen zum Kauen.«

»Ja, eine gute Idee.«

»Ich habe nur vergessen, mit Anke wegen des Handygurts für Alfons zu sprechen. Doof ...«

»Noch ist es ja nicht so weit«, beruhigte Opa Fedder Tore.

»Opa, horch mal! Was ist das denn für ein Lärm da draußen?«

Fedder lauschte. »Keine Ahnung. Am besten gehst du mal raus und siehst nach.«

»Martin, kommst du mit?«, fragte Tore. Nicht, dass er gerade ängstlich war, aber dieses Geräusch war neu. Ungewohnt. Rufe, dann sang jemand. Hatte er noch nie gehört.

Oma hatte das Außenlicht schon angeknipst und die Tür geöffnet. Vor dem Haus standen drei Engel in weißer Kleidung und sangen Lieder, deren Melodien Tore nur zum Teil kannte.

Aus dem Dunkeln trat plötzlich eine finstere Gestalt, die den Mund überhaupt nicht auftat, angetan mit einem langen nachtschwarzen Mantel.

»Na nu«, sagte Käte und hätte vor Schreck die Tür fast wieder zugeknallt. »Habe ich es nicht geahnt, dass etwas im Busch ist? Fedder!«

Tore hatte den Eindruck, dass sich der Blick des Mannes auf ihn heftete und ihn nicht losließ. Irgendwie sah er sogar boshaft aus. Und die Engel wirkten nicht gerade lieblich.

»Der Robbert«, flüsterte Oma Käte Tore ins Ohr. »Ich weiß gar nicht, wo der plötzlich herkommt.«

Der Robbert hatte einen schlaffen Sack in der Hand. Auf ein Zeichen von ihm brachen die Engel ihren Gesang ab, und er näherte sich Tore in drohender Haltung.

Tore wich an die Hauswand zurück.

Plötzlich griff der Robbert zu, stülpte den Sack über Tore, drehte ihn geschickt herum und schüttelte Tore hinein. Er spürte, wie sich der Sack über seinen Schuhen schloss.

»Unartige Kinder kommen in den Sack«, bölkte der Robbert.

Tore wurde mit dem Kopf nach unten über die Warf geschleift. Er legte die Hände über den Kopf, um sich vor den Steinen des Kopfsteinpflasters zu schützen, über die er hinwegrumpelte. Im Hintergrund schimpfte und jammerte Oma. Aber der Robbert kannte keine Gnade.

Auf einmal hörte Tore Martins Stimme. »Habt ihr einen Knall? Wollt ihr wohl aufhören! Was fällt euch denn ein! Unartige Kinder, dass ich nicht lache! Tore ist der größte Draufgänger, dem ich jemals begegnet bin!«

Der Sack blieb liegen.

Tore rieb sich den Kopf, wurde auf die Füße gestellt, der Sack fiel herunter. Etwas benommen sah er sich um.

»Ihr seid ja wirklich bescheuert!« Martin rannte zu Tore herüber und legte den Arm über seine Schultern, um ihn vor weiteren Übergriffen zu schützen.

Die Engel sangen wieder, mit auffallend tiefen Stimmen übrigens. Der Robbert schritt bedächtig auf Tore zu, jetzt einen anderen, gut gefüllten Sack in der Hand. Mit feierlicher Miene reichte er Tore Äpfel und Nüsse. »Ja, wenn das so ist. Kleine Verwechslung«, sagte er versöhnlich. »Kann vorkommen ...«

Tore übergab das Zeug seiner Oma und behielt den Mann im Auge. Die Engel begannen wieder umherzuwirbeln, und er erkannte, dass die Sache tatsächlich noch nicht ausgestanden war.

Der Engelreigen endete bei ihm. Die Engel nahmen ihn in die Mitte und tanzten mit ihm einige wilde Runden. Endlich ließen sie ihn atemlos stehen. Dankbar vor allem.

Von Oma Käte, die inzwischen mit einem Tablett an der Tür stand, nahmen sie braune Küchlein und einen Schnaps entgegen, dann liefen sie wortlos die Ack hinunter, stiegen in ihr Auto und brausten davon.

»Was war das denn?«, fragte Tore aufgewühlt. »Wer waren die Leute überhaupt?«

»Robbert und die Kindschen«, antwortete Opa Fedder, der inzwischen in den Flur gerollt war, um dem Ereignis zuzusehen. Er spähte dem Auto hinterher, das ohne die Dunkelheit auf der schnurgeraden Straße noch lange sichtbar gewesen wäre.

»Die Aufnahmen sind gut geworden«, bemerkte Martin breit lächelnd. »Vermummte Gestalten im Schein einer Außenlampe. Die Erscheinungen waren ja wie aus einer anderen Welt. Und Sie wollten mir davon nichts erzählen, Fedder Postschiffer.«

Der schmunzelte verhalten. »Ich wusste nichts Genaues. Es ist ein alter Brauch, der aber über Jahrzehnte vergessen war. Wir kannten ihn als Kinder, unsere Eltern auch. Einige Leute von der Hallig wollten ihn gerne wieder aufleben lassen. Ich hörte unter der Hand davon. Nur ...«

»Nur?«

»Ich wundere mich etwas. Früher wurden die Engel von jungen Mädchen dargestellt – diese kräftigen Gestalten waren eindeutig Burschen. Ich weiß nicht einmal, wer sie waren ...«

»Bräuche ändern sich. Ist der Robbert der Weihnachtsmann?«

»Nein, wir nehmen an, dass er Knecht Ruprecht ist. Du hast sicher bemerkt, dass er dunkel angezogen und keinen Bart hat. Aber so ganz genau weiß das niemand mehr.«

»So etwas«, murmelte Martin. »Es gibt viel mehr zu schreiben, als ich dachte. Und Gescheiteres als über Ballermänner und ihre Sangria.«

Das Essen am Silvesterabend war eine Überraschung von Anfang bis Ende.

Die erste präsentierte Martin Meier. Er hatte Austern aus dem Watt geholt und bereitete sie in Omas Küche mit ihrer Hilfe zu. Vier für jeden, wie er erklärte, das würde die Bestände nicht schädigen.

Seine Austern als Vorspeise waren ganz anders, als Tore sie kannte. Die kochendheißen Austern lagen in ihrer eigenen Unterschale, waren mit Semmelbröseln bestreut und brutzelten in Butter. Schon in der Küche gaben sie einen Duft von Gegrilltem von sich. Tore stand daneben, als Martin sie mit Hilfe eines Topflappens aus dem Backofen holte. Er schnupperte. Herrlich!

»Wo hast du das nur gelernt, Martin?«, fragte Käte ungläubig.

»Ach, das schnappt man auf, wenn man sich als Journalist auf Restaurants spezialisiert«, antwortete Martin bescheiden.

»Ja, so etwas«, sagte Fedder erstaunt, während er etwas später den Sud mit Brot auftunkte. »Mir schmeckten bisher immer nur Blaumuscheln. Ich wunderte mich, dass die Leute Austern für eine Delikatesse hielten. Seewasser mit einem Gelatineklumpen tut's auch, dachte ich.«

Martin grinste.

»Aber Austern, auf diese Weise zubereitet, können sich wirklich sehen lassen. Das wäre doch etwas für unsere Gäste, Käte, oder?«

»Es gibt noch viel mehr gute Rezepte, meistens amerikanische«, sagte Martin feurig. »Ich kann sie Oma Käte alle aus dem Kopf diktieren. Wenn du möchtest, Oma.«

»Selbstverständlich möchte ich«, sagte Käte und konnte sich ein Lachen nicht verkneifen. »Wir sind doch nicht etwa zurückgeblieben oder so. Unsere nächsten Silvestergäste werden überbackene Austern bekommen, ganz bestimmt.« Sie stand auf, sammelte die Teller zusammen und ging in die Küche.

»Martin«, sagte Opa ernster, »das Leben auf der Hallig ändert sich von Generation zu Generation und immer schneller. Vor kurzem fragten die Eltern den Lehrer der Schule noch, ob sie ihren Kindern bei Freizeiten auf dem Festland Messer für das gefährliche Leben dort mitgeben müssten – inzwischen haben wir alle begriffen, welch Unsinn das ist. Fortschritte wie Gefahren kommen zu uns, wir können uns dagegen nicht abschotten …«

Aus der Küche drangen neue herrliche Düfte. »Kommst du mal, Tore?«, rief Oma.

Natürlich kam er. Oma brauchte Hilfe, die sie sonst von Opa bekommen hätte. Hinter ihm her dackelte mit neugierigem Gesicht Martin.

Auf einem Brett lag zum Aufschneiden bereits eine Gans. Tore schnitt ein Gesicht.

»Die war tiefgefroren, als ich sie kaufte«, verteidigte sich Oma und wies ihn an, Knödel in eine Schüssel zu füllen, während sie sich um die Soße kümmerte. »Martin, kannst du eine Gans zerlegen?«

Martin nickte, suchte sich ein passendes Messer vom Messerblock heraus und schärfte es, bevor er sich an die Arbeit machte.

Tore schielte mehrmals zur Seite. Toll! Der konnte auch das fachmännisch! Und Martin war anscheinend ganz hingerissen, dass Oma Käte extra wegen ihm Knödel zubereitet hatte. Es gab nicht einmal Salzkartoffeln, und darüber musste er lachen.

Martin grinste herüber. Er war ganz anders, als Tore ursprünglich gedacht hatte.

Kapitel 15

Sie hatten nicht vor, in der Silvesternacht besonders lange zu feiern, da Opa sich noch nicht richtig stark fühlte. Kurz vor Mitternacht gingen sie vor die Tür. Über Wyk auf Föhr breitete sich das Silvesterfeuerwerk als funkelndes Lichtmeer aus, und an der ganzen Festlandsküste blitzte es. Gelegentlich drangen einzelne Knaller von Wyk herüber, aber auf der Hallig war es ganz still.

»Silvester habe ich auf diese Weise noch nie erlebt«, stellte Martin erstaunt fest.

»Ja, es ist etwas Besonderes, den Trubel nur von seiner sanften Seite zu erleben«, meinte Oma Käte.

»Manche Gäste kommen her, weil ihre Hunde in der Silvesternacht durch den Lärm in den Städten echt die Panik kriegen«, berichtete Tore. »Kannst du dir das vorstellen? Hier müssen sie nicht mit Tabletten ruhiggestellt werden.«

»Ja, die Ruhe hier ist für die Hunde gesünder als Tabletten. Für die Herrchen übrigens auch«, ergänzte Oma.

Martin machte ein nachdenkliches Gesicht, als sie ihn nach Hilligenlei zurückfuhren.

Bestimmt verglich er die Hallig mit den Ballermannlokalen, dachte Tore und grinste in sich hinein. Schmorbraten von geschützten Eseln mit Sangria, pfui Teufel!

Gegen Mittag des Neujahrsmorgens kam ein Anruf von Anke. Käte möchte doch bitte kommen und Tore mitbringen.

War etwas mit Anna los? War wieder etwas passiert? Aber warum Tore?

Anke gab keine beruhigende Auskunft. Sie möchten sich einfach nur gleich in den Wagen setzen und losfahren.

Sieben Minuten später bremste Käte scharf vor Ankes Haus. Sie hörte es, kam heraus und winkte sie in den Stall. Eine ganze Schar ihrer Enkel folgte. »In Zukunft gibt's bei uns wieder Ente an Weihnachten«, flüsterte Kai Tore ins Ohr.

»Warum? Revolution gegen Schnippelpann?«, flüsterte Tore zurück.

Kai schüttelte den Kopf. »Wart ab. Du wirst es gleich sehen.«

»Alfons«, sagte Anke und zeigte auf den Ganter, der auf einem dicken Strohpolster in der Ecke seines Verschlages lag und sie reserviert anblinzelte, bevor er sein Gefieder zu putzen begann. »Er hat heute Vormittag sein erstes Ei gelegt.«

»Ein – ein Ganter«, stammelte Tore staunend. Leise öffnete er den Verschlag und hockte sich neben Alfons, der ihm wie üblich erlaubte, ihn zu kraulen.

»Nein, eben nicht«, widersprach Anke freudestrahlend. »Eine Gans, die sich allerdings wohl mit dem Namen Alfons abfinden muss. Obwohl wir ja durchaus die Vornamen Petrine, Wulfine und Ewaldine haben – abgesehen vom Tiefdruckgebiet Engeline.«

»Und ab heute gibt es eben auch Alfonsine«, beschloss Tore fest. »Übrigens war Engeline ein Hoch.«

»Wenn du meinst«, sagte Anke nachgiebig. »Ich denke jedenfalls, dir kommt das größte Recht zu, ihn umzutaufen. Alfonsine ist das kleine Halligweihnachtswunder, das ich euch zeigen wollte. Sie wird meine Gänseherde begründen.«

Tore begriff, was Kai gemeint hatte. Eigene Gänse aß man nicht.

»An diesem Weihnachtsfest hatten wir, glaube ich, so viele Weihnachtswunder, dass ich sie gar nicht mehr zählen kann«, meinte Käte. »Trotz eines Beinbruchs.«

»Da magst du recht haben! Ich selber bin für einiges dankbar, das sich gut fügte, obwohl es ganz anders verlief, als ich es organisiert zu haben glaubte.«

»Vielleicht müssen wir nicht alles selbst organisieren ...«

Anke nickte schmunzelnd. »Eine Sache lief mir völlig aus dem Ruder ...«

»Und das wäre?«

Selbst Tore spitzte neugierig die Ohren.

»Die Engel, die mit dem Robbert unterwegs waren. Wir hatten genau besprochen, welche Töchter in Frage kommen und welche Wunschlieder sie singen könnten – und dann wurde der Robbert plötzlich von älteren Jungs begleitet. Ich weiß nicht, wer sie waren.«

»Die Brüder der Töchter«, riet Käte weise. »Und richtige Texte habe ich gar nicht gehört. Die brummten und machten den Mund nur auf und zu. Fedder meinte übrigens, dass sie mit Krischans Auto zurückgefahren sind ...«

Kai grinste unübersehbar breit.

»Hast du den Robbert zu mir geschickt?«, raunte Tore ihm zu und brauchte die Antwort gar nicht zu hören. Natürlich war er es! Im Nachhinein besehen, war sein Schreck so groß auch gar nicht gewesen. »Bräuche ändern sich nun mal, Oma ...«, sagte er ernsthaft und verkniff sich sein Lachen.

»Das habe ich doch schon einmal gehört«, bemerkte Oma Käte und sah Tore forschend an. »Genauer gesagt, von Martin. Das Zitat eines guten Freundes?«

»Kann schon sein. Wir bleiben jedenfalls in Verbindung.«

»Fein. Er hat dich vor dem Robbert gerettet – ich wusste vor Schreck gar nicht, was ich machen sollte.« Nach Oma Kätes Ansicht schien diese Tapferkeit von Martin alles aufzuwiegen, was er auf dem Watt hatte vermissen lassen.

Kai gab Tore unauffällig ein Zeichen mit dem Kopf. Zusammen stahlen sie sich aus dem Stall.

»So viel zum Thema Weihnachtswunder«, stöhnte Kai. »Lassen wir die alten Damen mit ihnen allein. Ich will gar nicht wissen, was sie meinen. Was gibt's bei dir Neues?«

»Den Prototyp eines Gänsehandygurtes, den wir gerade fertig bekommen haben«, berichtete Tore prompt. Sogar mit einer kleinen Kabine für Puken, wenn sie Lust hatten, mitzufliegen, aber darüber durfte er ja nicht sprechen.

»Hab schon davon gehört«, räumte Kai ein wenig neidisch ein. »Denkt aber daran, ihn als Patent anzumelden.«

»Machen wir. Jetzt stellt sich nur die Frage, ob sich Alfonsine überhaupt noch für den Job als Lorenbegleiterin interessiert. Anscheinend gibt es kaum etwas Wichtigeres als Kinder, wenn die erstmal da sind ...«

»Das kannst du laut sagen! Wir reden nur noch von Zwillingen, wenn du verstehst, was ich meine! Nervig!«

»Und ob! Ich bin doch mit deiner Tante Anna und Opa im Krankenwagen zurückgefahren. Sie hing die ganze Zeit über dem Kinderkorb und gab gluckernde Geräusche von sich. Nicht eine Spur von Interesse für technische Neuerungen. Ich vermute, Alfonsine wird sich mit ihr zum gemeinsamen Gluckern zusammentun. Wahrscheinlich brauche ich eine neue Gans ...«

Die Weihnachtswunder setzten sich noch fort. Am Nachmittag des Neujahrstages sah Tore im klaren Sonnenschein eine Schar Ringelgänse abheben und Kurs auf das Festland nehmen. Und wenn ihn nicht alles täuschte, erhoben sich dort, wo die Schwingen der Tiere zusammentrafen, kleine

Knubbel, die gekrönt wurden von Toplichtern in Gelb, Rot und Blau.

Puken mit Pudelmützen in den nordfriesischen Farben!

So gerne hätte Tore Oma und Opa davon erzählt! Aber es war eine Sache der Ehre, sie nicht zu verraten. Und wenn sie jetzt zu ihm Vertrauen fassten, würde er sie im nächsten Jahr wiedersehen ...

Martin schrieb einen aufsehenerregenden Aufsatz über Austern auf Langeness. Plötzlich wurde in der Presse wieder diskutiert, ob man sie kommerziell ausbeuten durfte. Die Landesregierung fasste den Entschluss, sich damit ein weiteres Mal im Parlament zu befassen.

Martins zweiter Bericht hatte nichts mit alten Bräuchen zu tun, sondern mit der Hilfsbereitschaft der Halligbewohner und dem Eintreten einer für den anderen. Er wurde für die Auswahlliste der Journalisten des Jahres nominiert.

Und Tores Vater erhielt die Nachricht, dass sein Sohn wegen seines mutigen Einsatzes auf dem Watt für das Bundesverdienstkreuz vorgeschlagen worden war.

Tore war entschlossen, Alfonsine mitsamt ihren Kindern zur Verleihung mitzunehmen.

Glossar und Anmerkungen

Ack – Auffahrt auf die Warf
Förtchen – Traditionelles Teiggebäck
Kindschen – ursprünglich abgeleitet von Kindchen Jesus, jedoch als Bezeichnung auf den Weihnachtsmann übertragen
Kinken – wie Kindschen
Kinkenboom – hölzernes Gestell (statt Weihnachtsbaum) zum Aufhängen des Figurengebäcks, von Pflaumen und Äpfeln
Kinkentüch – Figurengebäck
Land unter – Wasser auf der Hallig nach Stürmen; nur die Warfen liegen trocken
Robbert – Knecht Ruprecht
Schnippelpann – sauer angerichtete gekochte Schweinerippen, im Unterschied zu Weißsauer gewürzt mit Thymian
Warf/Warft – von Menschenhand errichtete Hügel, auf denen man auf den Halligen lebt. Warf nur auf Langeness, sonst Warft.

Es sind viele Variationen des Rummelpottliedes bekannt; diese von Frieda Bossen überlieferte stammt aus Süderlügum/Karlum auf dem Festland, vermutlich aus der 1. Hälfte 19. Jahrhunderts oder früher.

Ich danke allen herzlich, die mir ihre Kenntnisse zu speziellen Fragen, die in diesem Buch eine Rolle spielen, zur Verfügung gestellt haben. Auf der Hallig Langeness/Ketelswarf sind dies Christa Pochert, Hans-Werner Johannsen und Reiner van Riesen; auf dem nordfriesischen Festland/Süderlügum Frau Christa Splinter (Rummelpottlied aus dem Nachlass ihrer Mutter) und Heidi Todsen.

Petra Schier
Ein Weihnachtsengel auf vier Pfoten
139 Seiten. Gebunden
ISBN 978-3-352-00764-4

Der Weihnachtshund für alle Fälle

Ein altes Haus am Stadtrand – die alleinerziehende Architektin Hanna hofft, endlich ihren Traum vom neuen Heim wahr machen zu können. Doch es zieht an allen Ecken und Enden, der Strom fällt immer wieder aus, und dann läuft ihr auch noch Billa zu, eine Labradorhündin. Für ihre Tochter Paula kein Problem: In diesem Haus würden sie von einem Engel beschützt. Wenig später lernt Hanna den Förster Leon kennen. Alles scheint auf ein wunderbares Weihnachtsfest hinzusteuern – bis Hanna erkennt, dass Leon ein Geheimnis hat, das sie tief erschüttert. Zum Glück gibt es Billa, den Engel auf vier Pfoten, mit dem fatalen Hang, für die größten Turbulenzen zu sorgen ...
Friede, Freude, Hundekuchen – ein modernes Weihnachtsmärchen!

Mehr Informationen erhalten Sie unter
www.aufbau-verlagsgruppe.de oder in Ihrer Buchhandlung